表御番医師診療禄9

秘薬

上田秀人

角川文庫
20210

目次

第一章　江戸の風　五
第二章　波乱の復帰　六八
第三章　秘術争奪　一三一
第四章　四面楚歌《そか》　一九三
第五章　攻防の夜　二五四

主要登場人物

●矢切良衛《やきりりようえい》
江戸城中での診療にあたる表御番医師。今大路家の弥須子と婚姻。息子の一弥を儲ける。その後、御広敷番医師から寄合医師へ出世する。

●弥須子《やすこ》
良衛の妻。幕府典薬頭である今大路家の娘。

●伊田美絵《いだみえ》
御家人伊田七蔵の妻。七蔵亡き後、良衛が独り身を気にかけている。

●今大路兵部大輔《いまおおじひようべだゆう》
幕府の典薬頭。弥須子の父。

●松平対馬守《まつだいらつしまのかみ》
大目付。良衛が患家として身体を診療している。

●徳川綱吉《とくがわつなよし》
第五代将軍。良衛の長崎遊学を許す。

第一章　江戸の風

一

幕府寄合医師矢切良衛《やきりりようえい》を乗せた船が品川《しながわ》へ着いた。

「ようやくでございますな。若先生」

父の代から矢切家に仕えてくれている小者三造《こものさんぞう》が、甲板から品川の宿場を見おろして感慨深げに言った。

「やっと揺れる船ではなく、動かぬ大地に立てますする」

三造が船はもうたくさんだと嘆息した。

「……そうだな」

良衛は無念さを顔ににじませた。

「若先生……」

三造が気にした。

「峠をこえなくていい、川をわたらなくていい。護摩《ごま》の蝿《はえ》に注意しながら浅い眠りを重ねなくていい。なにより、重い荷を担いで歩かなくていい。船旅は揺れを差し引いても、じつに快適で、利便だ」

「……はい」

良衛の言葉を否定することはできない。三造が同意した。

「ただ、人に会えぬ。薬種商に寄ることもかなわぬ。名医を訪ねての医学談義ができぬ」

悔しいと良衛が両手を握りしめた。

「上陸できたのは、博多《はかた》と堺《さかい》、桑名《くわな》だけであった」

急ぎ良衛を江戸へ戻せという五代将軍綱吉《つなよし》の命を受けた義父今大路《いまおおじ》兵部大輔《ひょうべだゆう》が手配した船は、寄港地を減らして帆を急がせた。

「博多では、和蘭陀《オランダ》商館で見たものと同じ薬草を育てていた南蛮屋《なんばんや》へ分けてもらいにいったが、店は福岡《ふくおか》藩黒田《くろだ》家の手で封鎖されていた」

南蛮屋は唐物問屋であったが、抜け荷の罪状で闕所《けっしょ》となっていた。店は福岡藩町奉行の管理下にあり、闕所で全財産を没収されてしまっている。とても薬草の苗をもらえる状況ではなかった。

「堺ではなんとか薬種商を訪れるだけの暇は見つけられたが、収穫はなかった」

かつて南蛮《なんばん》交易の中心地として栄えた堺も、鎖国の影響で異国船の来訪がなくなり、持ちこまれる唐物はすべて長崎《ながさき》から運ばれたものばかりで、出島《でじま》に出入りしていた良衛にとって目新しいものはなかった。

「京《きょう》の名古屋《なごや》玄医《げんい》先生のもとへ長崎のご報告に行きたかったが……それも認められなんだ」

長崎への往路で久しぶりに本道の師であった京の名医名古屋玄医を訪れた良衛は、遊学の帰りにも立ち寄って己が見聞きした新しい南蛮医学の話をし、その有効さや使用法について教えを請うつもりでいた。

だが、堺から京への往復は二日かかる。そのうえで議論するとなると五日は要る。将軍家の召喚に応じる途中での寄り道にそれだけの日数は許されなかった。

「桑名から名古屋《なごや》だけでも回りたかったのに……あの薬種商にはもう一度立ち寄りたかった」

行きに名古屋で見つけた漢方薬の材料を良衛は帰りに求めると取り置きを願って

いた。最初に買ってしまうと荷物になるからと気を回したのが、徒《あだ》になっていた。

「はああ」

海から見える江戸《えど》城の白壁へ良衛はため息をぶつけた。

「なんのための遊学であったのだろう」

良衛は城から目を逸《そ》らし、背後に拡がる海へと身体の向きを変えた。

「この海の続きに、和蘭陀がある。英吉利《イギリス》、西班牙《スペイン》などの南蛮諸国もある。今、かの遠き国々では、どのような医療技術が開発され、使用されているのだろう。本朝では手の施しようのない患家が助かっているかも知れぬ」

「…………」

「鎖国の禁さえなければ、直接学びに行きたい」

「若先生」

海外渡航は厳しく禁じられている。医師とはいえ、旗本がそれを企《たくら》んでは無事ですまなかった。いや、口にするだけでもまずかった。

「わかっておる。無理なことはな。その代わりの望みが長崎遊学だった。長崎には本場の南蛮より数年遅れるとはいえ最新の医療が流れてくる。それをゆっくりと学べると思っておったが……」

良衛は落胆を露《あら》わにした。

綱吉の毒殺を未然に防いだ功績をもって御《お》広敷番《ひろしきばん》医師矢切良衛は、寄合《よりあい》医師に格上げのうえ、長崎遊学を許された。

幕府が長崎までの旅費、滞在費、勉学に伴う出費、書物代などを出してくれる。余裕のない御家人あがりの幕府医師にとって、まさに夢であった。

その夢が、許可した綱吉の一言で打ち切られた。

「またの機会もございましょう」

三造が慰めた。

「機会などもうないわ」

良衛が否定した。

「同じ医師に二度も遊学をさせるなど、他のお医師が黙っておられぬ」

典薬頭《てんやくのかみ》今大路兵部大輔の娘婿という立場は、有利なところもあるが不利な点も多い。あまり目立つようなまねをすると、贔屓《ひいき》だとして反発が大きくなる。

「義父《ちち》上の足を引っ張るわけにはいかぬ」

典薬頭は幕府医官の取り締まりと薬草園を預かる役職である。今大路家と半井《なからい》家の二家が代々世襲しているが、奥医師ではない。将軍家やその家族、あるいは幕府中枢の老中などを診察することもなく、人事権を持つ事務方でしかない。

それだけに失策は避けなければならなかった。典薬頭には大きな利権が絡んでいる。幕府が使うすべての薬を管轄しているだけでなく、市中の薬種商の取りまとめもおこなう。

典薬頭の胸三寸で、薬が売れるかどうかが決まるのだ。

当然、薬種商やかかわりを持って幕府医師に推薦してもらいたい町医者は、列をなして典薬頭のもとを訪れる。もちろん、手ぶらではない。相応の音物《いんもつ》を提げて来る。

半井も今大路も千石をこえる旗本であるが、その禄《ろく》以上の余得をそこから得ているのだ。

その余得を狙う者はいる。

名門医師の末裔《まつえい》という血筋だけならば、他にもいる。また、将軍家の奥医師を務め、幕府の旗本に取り立てられた者も多い。ただ、そこまでで先がない。名門医師の末裔だからといって、奥医師になれるわけではないし、親が奥医師だからといって息子が幕府医師に採用されるとは限らない。

そうなると、世襲できる典薬頭の地位は垂涎《すいぜん》の的になる。

典薬頭の地位は狙われていた。

「矢切先生、下船の用意が整いましてございまする」

船頭が良衛と三造に近づいた。

「さようか。道中、なにくれとなくお世話いただき、感謝しておりまする」

さきほどまでの不満を隠し、良衛が礼を口にした。

「いえ。道中十分に行き届きませず、申しわけなき仕儀でございました」

手を振って船頭が応じた。

「この船は陸地に直接、つけられませんので、あの小舟に」

船頭に案内されて、良衛たちは品川の宿場へと移った。


大奥は二つに割れていた。

一つは綱吉の御台所《みだいどころ》鷹司信子《たかつかさのぶこ》を頂点とする京出身の女中たちであり、もう一つが寵姫《ちょうき》お伝《でん》の方を担ぐ江戸出身の女中たちであった。

女たちの戦いは、直接の武力に訴えるものではなかった。

「関東の出は、荒々しくてよろしくない」

「猿に礼儀を教えこむのは、難儀なことじゃ」

朝廷出身の奥女中が、関東の女を見下し、

「血筋しか自慢するものがないとは、なさけない」

「徳川《とくがわ》では、お目見えさえできぬ石高の実家《さと》がどれほどありがたいというのやら」

関東の女中が、京の女を過去の遺物として鼻先であしらった。

もともと江戸城の大奥である。数はどうしても旗本や御家人の子女が多い。しかし、御台所付きとして選ばれて、京から下ってきた女中たちは上臈《じょうろう》、中臈《ちゅうろう》などの高位に就くのがほとんどで、両者の勢いは拮抗《きっこう》していた。

だが、それぞれの頂点と目されている御台所鷹司信子とお部屋さまお伝の方の仲は良好であった。

「おはようございまする」

いかに将軍の子供を二人産んでいるお伝の方といえども、身分は中臈に過ぎない。目見え以上すべての女中たちが将軍へ挨拶《あいさつ》をする総見の場で、お伝の方は鷹司信子の下として、礼儀を尽くさなければならなかった。

「お方さまには、ご機嫌うるわしゅうお喜び申しあげまする」

下座でお伝の方が手を突いた。

「うむ。伝も壮健そうでなによりである」

信子が返した。

「公方《くぼう》さまは、昨夜そなたのもとへお渡りか」

「いえ。昨日はお渡りではございませんでした」

綱吉に呼ばれて閨《ねや》御用を務めたかと訊《き》いた信子に、お伝の方が首を横に振った。

「はて、飛鳥井《あすかい》。昨夜、お渡りという報《しら》せがあったであろう」

信子が、右斜め前に控える腹心の上臈に確認した。

「はい。公方さま、大奥へお越しと伺っておりまする」

飛鳥井と呼ばれた上臈が答えた。

「となると、誰か他の者をお召しになられたということよな」

信子が集まっている女中たちを見渡した。

「席次に変更は出ておるか」

大奥女中は大きく分けて、最上席の上臈年寄から御広敷まで大きくわけて十八の区切りがあった。御広敷の下に三の間、仲居、火の番、御使番、お末などもいるが、これらは目見えできない身分のため、この場には出てきていない。

「中臈の席次でございますれば……」

お伝の方が後ろを振り向いた。

中臈筆頭はお部屋さまと呼ばれるお伝の方になる。その次が代々の将軍、御台所を祭る仏間を預かる中臈、その下に大奥の所用を管轄する中臈が続く。この二つは、将軍の手がついていないお清《きよ》の中臈と呼ばれる者の役目で、不思議なことながら将軍の閨に侍《はべ》るお手つき中臈より格上になった。

「弥生《やよい》の席次がさがっております る」

すぐにお伝の方が気づいた。

「……弥生と申すと」

御台所ともなると大奥第五位の中臈でさえ、顔を覚えていない。

「お客応答《あしらい》下役を務めておりました清の中臈でございまする。どうやらお手がついたようでございまする」

お伝の方が推測した。お客応答は大奥を訪ねてくる御三家の正室や姫、代理などの相手をする役目で、長く務めた中臈などが就く役目で、下役はその雑用を担った。

「出はどこじゃ」

信子が続けて問うた。

「たしか、旗本の娘であったかと思いまする」

「坂東《ばんどう》の出か」

聞いた飛鳥井が嫌そうな顔をした。

「飛鳥井、公方さまのお好みに口出しはなりませぬぞ」

信子が側近をたしなめた。

「そのようなつもりはございませぬ。ただ、あのていどの容貌《ようぼう》ならば、京女にもおりますものを」

悔しげな口調で飛鳥井が言った。

「伝」

飛鳥井の態度を無視して、信子がお伝の方に声をかけた。

「はい。お方さま」

お伝の方が両手を畳に突いて、傾聴の姿勢を取った。

「公方さまのお情けを受けたとあれば、腹に子を宿したかも知れぬ。よく、気を付けてやるように」

「お心、弥生に代わってお礼を申しあげまする」

お伝の方が頭《こうべ》を垂れた。

「大奥は妾《わらわ》が治める場所。と同時に将軍家のお血筋を産み、育《はぐく》むところでもある。不幸なことに公方さまには、お世継ぎたる男子がない。系統の断絶は名家のなすものではない」

「はい」

滔々《とうとう》と語る信子に、お伝の方が首肯した。

二

将軍が新しい女に手を出した。これは大奥だけでなく、表御殿も大きく動かした。

「弥生の方さまの実家はどこだ」

まず目付が調査に入った。

将軍の閨に侍る。それは、次の将軍の生母になるかも知れないということでもある。当然、血筋に万が一の傷でもあっては大事になる。

「過去、謀叛《むほん》を起こした者どもとの縁《ゆかり》はなかろうな。明智光秀《あけちみつひで》、松永久秀《まつながひさひで》、河原勘右衛門《かわはらかんえもん》などの血を引いているなど論外ぞ」

明智光秀は言わずとしれた本能寺《ほんのうじ》の変で主君織田信長《おだのぶなが》を討ち、松永久秀は室町《むろまち》十三代将軍義輝《よしてる》を襲殺した疑いと何度も謀叛を繰り返した経歴を持つ。そして河原勘右衛門は幕府塩硝蔵奉行でありながら由井正雪《ゆいしょうせつ》の乱に与《くみ》し、火薬を爆発させようとした謀叛人である。三人とも忠義を根本に置く徳川幕府にとって唾棄《だき》すべき者たちであり、その血を将軍家に入れるわけにはいかなかった。

「寛永《かんえい》諸家系図だけでは足りぬ。右筆《ゆうひつ》に家譜の調べを命じよ」

目付部屋が大騒動になった。

次に慌てたのが、奥医師たちであった。

「ご寵愛《ちょうあい》を受けたとなれば、毎朝の検診が欠かせぬぞ」

医師溜《いしだまり》で奥医師たちが鳩首《きゅうしゅ》していた。

「御広敷番医師の診察だけでは手ぬるい」

奥医師の一人が首を横に振った。

御広敷番医師は、大奥女中の怪我、病を担当する。上臈あるいは年寄などの高位の女中ともなれば、将軍のお声掛かりで奥医師が診ることもあるが、基本は御広敷番医師の仕事である。しかし、将軍の寵愛を受けたとあれば、一度のことでも話が変わった。

「ご懐妊なされたやも知れぬ」

男女のことだ。たった一度でも妊娠するときはする。そして、妊娠初期ほど流れやすい。

「上様には、和子《わこ》さまがおられぬ。だけに、十分な態勢を取らねばなるまい」

己《おの》が兄家綱《いえつな》に子なきをもって将軍継承者となれたのだ。将軍にとって吾《わ》が子がどれほど重要かはよくわかっている。

さらに親は己が得たすべてのものを子に受け継がせたいと考えるものだ。

奥医師たちは綱吉が、どれほど子供を欲しがっているかを十二分に理解していた。

「お伝の方さまは、我らが毎朝、拝見している。ご懐妊にかんして万全の備えをなしておる」

奥医師のなかで産科を担当する医師が胸を張った。

「しかし、弥生さまにはまだ手が出せぬ」

産科の奥医師が難しい顔をした。

奥医師は将軍とその家族を診る幕府最高の、いや天下の名医とされている。それだけに、格式やなにかの制限が多くあった。

将軍の脈を取る奥医師が、普通の大奥女中を診るというわけにはいかないのだ。

変な話だが、これが自宅での診療となれば、奥医師が庶民の診察をしても問題とはならない。これは儒学《じゅがく》における仁の教えに従って認められている。

とはいえ、礼儀作法、格式ですべてが決まる江戸城中は、その範疇《はんちゅう》には入らない。

大きな矛盾ではあったが、これは厳格な規則としてあった。

主君と家臣。この区切りは、儒教の教えを凌駕《りょうが》した。

「上様からお言葉をいただけぬか」

産科の奥医師が、本道の奥医師に求めた。

当たり前ながら産科の医師は綱吉の診察にかかわることはない。顔を合わすことがなければ、願いをあげられなかった。

「難しい……」

本道の奥医師が渋い表情をした。

「なぜでござる。和子さまの誕生を無事迎えるには、今からの準備が必須《ひっす》でござる」

産科の奥医師が食いさがった。

「上様にご期待を抱かせてもよいと申すか、清往《しんおう》どの」

本道の奥医師が産科の奥医師を睨《にら》んだ。

「ご期待……」

「そうだ。一度だけ閨に呼ばれた女中を奥医師が診る。前例のないことよ。過去、将軍家の側室方を奥医師が拝診仕《つかまつ》った例は多い。だが、そのすべてが懐妊の兆候を受けてのこと」

「うっ……」

清往が言葉に詰まった。

「もし、我らが弥生どのの診察を申し出れば、上様はご懐妊かと思われるであろう」

「たしかに……」

「上様がどれほど、お血筋のご誕生を願っておられるかは、貴殿もおわかりのはず。結果、なにもございませんでしたとなれば、上様がどれだけご落胆なさるか。そのとき上様がお怒りにならねばよいがの」

「それは……」

本道の奥医師に揶揄《やゆ》された清往が顔色を変えた。

「役目を外されるだけですめばよいが……いや、すんでも奥医師を辞めさせられた医師のもとに来る患家はおらぬぞ」

「ぐうう」

清往がなんとも言えない声を出した。

奥医師という肩書きは諸刃《もろは》の剣であった。天下の名医と保証されたのと同様に、辞めさせられたとなれば将軍に見限られたと受け取られるのだ。

天下人たる将軍から嫌われた医師に、少なくとも大名、旗本は診察を依頼しない。したとわかれば、それこそ幕府から文句が付けられかねない。

庶民も同じである。藪《やぶ》だとの烙印《らくいん》を押されたも同然の医者に診てもらいたい患者などいるはずはなかった。

「動かぬことこそ、良手」

本道の奥医師が断言した。

「それに、あのお気に入りが帰ってくるというではないか」

「お気に入り……ああ、寄合医師の矢切良衛か」

別の奥医師が本道の奥医師の言葉に応じた。

「たかが御広敷番医師の分際で長崎遊学など……」

「一応、寄合医師に格上げされてからの遊学であったぞ」

吐き捨てるように言った清往を、本道の奥医師が宥《なだ》めた。

「とってつけたような格上げではないか。そもそも寄合医師の役目は奥医師になる勉学をするものぞ。寄合医師になって最初にすべきは、我ら先達への挨拶と、教えを請うことであろう」

清往が不満を口にした。

医師という職業はどうやって病を癒《いや》し、患者を救うかということに専心すべきであるが、役人となると話は変わってくる。

前例がすべてを縛り、先達がすべてを支配する。幕府医師の頂点は典薬頭だが、実際の治療にはあたらないということもあり、医師溜には席がない。

幕府医師としての序列は、奥医師、寄合医師、表御番医師、小普請医師、見習い医師となる。御広敷番医師は表御番医師と担当する場所が違うだけで、同格になる。医師溜の頂点は奥医師であった。そして、奥医師のなかでも古参ほど幅を利かせる。清往は最古参ではないが、かなり長く奥医師を務めていた。

職人にはよく見られる徒弟奉公が、医師にもある。有名な医師のもとで修業を積み、己の技量をあげて、一人前になっていく。

それと同じことが医師溜でもおこなわれていた。

奥医師の予備といわれる寄合医師は、その弟子に等しい扱いを受けた。寄合医師に登城の義務はなく、総登城を命じられる節句でもなければ、江戸城へあがることもない。

医術の研鑽《けんさん》という名目で、自宅待機するのが寄合医師の仕事であった。だが、これは表向きで、上役に近い奥医師のもとへ日参して……いや、奥医師を連日吉原《よしわら》や品川の遊郭へ招待して接待しなければならなかった。

「奥医師とは……」

その宴席で奥医師が寄合医師に城中での振るまい方、将軍の診察をするときの注意事項などを伝える。

それを数年繰り返して、推薦を受けて奥医師にあがる。あるいは奥医師たちの許しを得て、京や長崎へ医術修業に出る。

これが寄合医師になった者の慣例であった。

それを良衛は破った。

良衛は表御番医師から御広敷番医師へ異動、その後寄合医師へ出世したとたん、奥医師たちへの挨拶もなく、長崎へ遊学した。

これは慣例を破るものであり、あらたな前例となった。

清往が良衛を嫌うのも当然といえば、当然であった。

「それよ、清往先生」

奥医師では若い部類の外道医師が口を開いた。

「長崎の遊学は一年から二年でござろう。それがわずか数ヵ月で呼び戻された。これをどう見られるか」

外道医師が問うた。

「なにか失策をしたと考えるべきであろうな」

清往が推測を口にした。

幕府の費用をもっての遊学だけに私費とは違い、いろいろな制約があった。

基本として遊学には期限があった。ただし、事情によっては延長も認められていた。

そして期限内での呼び返しはまずされなかった。あるとすれば一族がよほどの罪を犯し、連座で家が潰《つぶ》されたり、慎みを命じられたときくらいである。

良衛の遊学は、南蛮流産科術を習得してくるという名目のうえで、異国にあるだろう妊娠しやすくする薬や技術を探るためのものだ。その技術が手に入った段階で、打ち切らなければならないもので、期限は端《はな》から設定されていない。とはいえ、そのあたりの事情は、医師溜に明かされていなかった。

「となると帰って来るなり追放もありえますな」

外道の奥医師がうれしそうな顔をした。

将軍の主治医という奥医師だが、外道医の出番はほとんどなかった。風寒《ふうかん》から膈《かく》病《やまい》までを担当し、日々の健康維持をおこなう本道医は、毎日のように仕事があるが、外道医は当番の間、ずっと医師溜で過ごすばかりであった。

当たり前といえば当たり前、外道は怪我を診るだけに、将軍が怪我をしない限り用はない。

なにせ、怪我をするようなところへ将軍は出かけない。出てもせいぜい、江戸城のお休息の間隣の中庭か、東照宮《とうしょうぐう》がある紅葉山《もみじやま》なのだ。そして、将軍は絶えず、小姓や小納戸に囲まれており、なにかあっても支えられる。

外道医が呼ばれるのは、将軍の寵臣《ちょうしん》あるいは老中などの重職になにかあったときだけで、年に一度あるかないかであった。

「外道医は無駄でござろう。上様にお怪我をさせるようなまねは小姓どもがさせますまい」

「諸事倹約のおりから、奥医師から外道医を外す、あるいは減らすべきでは」

旗本の役職を監督する若年寄から、こういった意見が出ている。功績も実績も立てられない外道の奥医師にしてみれば、将軍綱吉のお気に入りと見える良衛はその地位を脅かす者であった。

「そういえば、その寄合医師は、典薬頭さまの婿であったろう。もし、その寄合医師になにか咎《とが》めがあれば、典薬頭さまにも累は及ぼう」

別の奥医師が外道の奥医師に話しかけた。

「…………」

外道の奥医師が嫌な顔をした。

「今大路兵部大輔さまは、お元気であられたな」

本道の奥医師が呟《つぶや》くように言った。

毎朝、寝起きの将軍を診察するのも奥医師の仕事であった。綱吉の脈を取り、熱を測り、口中をあらため、排便を確認した後、奥医師は他科を含めた当番の奥医師と、その情報を共有し、薬を出すか出さないか、休養を勧めるかなどを協議する。

その場に医師の触れ頭として典薬頭も同席した。

「……まあ、すべては帰ってきてからのこと」

清往が、話を締めくくった。


屋敷へ戻って来た良衛が最初にしたのは、当分の間休診と書いた看板を外すことであった。

「あまり汚れてないな」

外した看板を良衛は撫《な》でた。

「短い長崎滞在は恨むべきだろうが、患家を放置せずにすんだと考えれば……」

勉学を途中で遮られた無念を、良衛は無理矢理に飲みこんだ。

「おや、先生。お帰りでしたか」

さっそく近所の患者が、良衛を見つけた。

「おう。帰ってきたわ。佐兵衛《さへえ》どのは、いかがかの。膝《ひざ》は痛まぬか」

良衛も応じた。

「いつから、診療を」

「今からでもよいぞ」

訊かれて、良衛はもう始めていると答えた。

「お願いできますか」

「おうよ。入られい」

求めた佐兵衛を良衛は診察室へと案内した。

「……ふむ。ちゃんと温めていたようだの。骨の周りの筋が思ったよりもやわらかい」

佐兵衛の膝を触りながら、良衛が褒めた。

「出歩くとき以外は、言われたとおり晒《さら》しを巻いております」

佐兵衛がうれしそうに言った。

「結構だ。膝の痛みに冷えは大敵じゃ。あとは晒しを巻くときに、ここを締めるようにすれば、よりよい。膝が外へ開こうとするのを押さえるようにな」

良衛が新しい晒しを佐兵衛の膝へ巻いてみせた。

「はい」

佐兵衛が良衛の手の動きを一生懸命見ていた。

「ただし、締めすぎはならぬぞ。締めすぎると血が回らなくなり、治りが悪くなるでな。今くらいの締めつけでな」

「注意いたしまする」

「次は十日ほどしたらお出《い》でなさい」

「ありがとうございました」

頭を下げて佐兵衛が診察室を出て行った。

「若先生、次の患家をお通ししても」

「他にもお見えか」

三造の言葉に、良衛は驚いた。

「三人ほどお待ちでございまする」

「ありがたいことよな」

帰って来るのを待ってくれている患者がいる。医者としてこれほどの冥利《みょうり》はない。

良衛は呼び戻された不満を忘れた。

妻と一人息子は、その実家に預けてある。わずか数ヵ月とはいえ、留守にした家はいろいろと手入れをしなければまともに住むことはできない。

診療を終えた良衛と三造は、屋敷の掃除とものの手配に走り回った。

「水壺《みずつぼ》を空にしておいてよかったな」

台所や診察室の水壺を、旅立つ前に空にしておいた。

「ですが、井戸を浚《さら》いませんと水は使えませぬ」

三造が嘆息した。

旗本、御家人の屋敷にはどこでも井戸があった。幕府が敷設した木樋《もくひ》水道を井戸枠のなかへ受け入れるだけの簡単なものであったが、それだけに水は滞留しやすかった。

絶えず水道の流水を受け入れているため、腐りにくいとはいえ、落ち葉も入る。虫も落ちる。酷いときは猫や鼠がはまって、なかで水死しているときもある。

毎日井戸を使用していればそのような異状を見逃すことはないが、留守にしているると対応できない。少なくとも井戸のなかを掃除し、水が完全に入れ替わるまで使いものにならなかった。

「井戸職人を明日には呼びましょう」

「そうしてくれ」

三造の提案を良衛は認めた。

「今日と明日くらいはいけましょう。お隣よりおわけいただきました分で」

三造は帰府の挨拶を両隣にするついでに、水をもらってきていた。

「ぬかりないな」

水壺は空だったが、患者ごとに桶《おけ》に入れた水が出てきた。それが三造の手配だと、ようやく良衛は気づいた。

「明日には、兵部大輔さまのお屋敷へ顔を出さねばなるまいな」

良衛は肩を落とした。

「早めにお出でになったほうがよろしゅうございましょう」

三造も勧めた。

「帰府の報告も、兵部大輔さまからしていただくしかないしな」

寄合医師は用がなければ登城しない。

もちろん、良衛が登城して、上役の若年寄へ帰府の挨拶をすることもできる。

「面倒はごめんだな」

医師としての出世を求めていない良衛としては、若年寄などに会いたくはない。そうでなくとも大目付松平対馬守《まつだいらつしまのかみ》に目を付けられているのだ。これ以上、厄介なかかわりは避けたかった。

「ご新造さまとご長男さまのお戻りは、少し延ばしていただくよう、お願いしていただきたく」

「わかっている。弥須子《やすこ》と一弥《いちや》にはいささか厳しかろう」

良衛も理解していた。

弥須子は一千二百石の旗本でもある典薬頭の妾腹《しょうふく》の娘で、医術の腕を買われた良衛の妻として今大路兵部大輔から押しつけられた。

妾腹の子として正妻の娘たちから蔑《さげす》まれた弥須子は、姉の嫁ぎ先を見返すため、奥医師への出世を良衛に求めただけでなく、一子一弥にも医者となるように強制した。

「勉学よりも身体を作るときぞ」

ようやく六歳になったばかりの長男へ、矢切家伝来の戦場剣術を教えこもうとした良衛を、弥須子は一言で切って捨てた。

「剣術などという乱暴なまねをして、一弥が怪我でもしたらどうするのです。なにより、木刀を振っている暇などありませぬ。そんなことをするより、論語《ろんご》の一節でも覚えたほうが、一弥のためでございまする」

こうして学問ばかりしている一弥が丈夫なはずはなく、少しのことで熱を出した。

「矢切家は御家人でしかないのだがな」

良衛の抗議は通らなかった。

もともと矢切家は徳川の足軽であった。

家康の天下取りに従って、矢切の先祖は多くの戦場を駆け回った。

戦場では死者も、怪我人も出る。名のある武将ともなると、陣に同行している金創医の治療を受けられる。しかし、雑兵となると医者も相手にしてくれない。ために死ななくてもいい者が死ぬ。それが繰り返されれば、雑兵たちも考える。なんとかして、己たちで生き残りを図ろうとし、見よう見まねで医術を学ぶ者が出てきた。

戦場で矢傷を縫う。槍傷《やりきず》を焼く。そのていどの乱暴な施術でも、死ぬはずだった者が助かるようになった。

戦場医師、普段は足軽として戦い、終われば仲間の命を救う。その一つが、矢切家であった。

矢切家は、代々戦場で培った外道の技を受け継ぎ、徳川家が天下を取ったおかげで御家人となった後も、医者を兼業してきた。

「常在戦場とはいわぬが、剣も振れぬ御家人など、いざというときの役には立たぬ」

良衛は先祖の成り立ちを大事にしている。

「書物で知るだけでは、かならず不足が出る。外道を学ぶならば、剣術は要る。刀がどのように遣われ、どうやって人の身体に喰いこんでくるか。それを知っているかどうかで、随分と違うのだが……今どき刀傷などありませぬの一言で終わらせられてはの」

百五十俵の御家人が、妾腹とはいえ一千二百石のお姫さまを妻に迎えたのだ。妻に頭が上がらないのは自然の流れといえた。

「さて、今日はもう寝るぞ」

良衛は、なんとか掃除し終えた居室で横になった。

三

綱吉のもとにも、良衛の帰還の報は届いていた。

「本日、品川に着いたとのことでございまする」

今大路兵部大輔が綱吉の寵臣柳沢吉保《やなぎさわよしやす》へ告げ、そのまま綱吉へと伝わった。

「南蛮の秘術はどうであったか」

「まだ、報告を受けておりませぬ」

身を乗り出した綱吉に柳沢吉保が首を横に振った。

「途中で打ち切らせたのは、やはりまずかったか……」

綱吉が顎《あご》に手を当てた。

「それは違いまする」

主君の後悔を寵臣は否定した。

「上様は、お伝の方さまのお身体をご案じなされたのでございまする。お伝の方さまは、上様のお胤《たね》を二度も実になされた格別なお方。なにをおいてもお大事になさらなければなりませぬ。たかが医師一人のつごうなど考慮するに値いたしませぬ」

「……そうじゃの。伝は、吾が子を二人も産んだ。次も伝が産むであろう。伝が無事に子を孕《はら》むためには、あの矢切の技が要る。世継ぎのない今は、正しい状態ではない。兄の死に際のように、宮将軍だとか御三家から人をとかの騒動は、天下安寧の障りでしかない」

「仰せの通りでございまする」

柳沢吉保が深くうなずいた。

「躬《み》の跡継ぎができる。これ以上の大事は天下にない」

「はい。上様のお血筋がご誕生くだされば、天下は安泰でございまする」

寵臣が迎合した。

「できるだけ早く矢切を呼び出せ。入り用とあれば、奥医師にしてもよい」

「上様のお心、矢切が聞きましたら、感涙にむせぶことでございましょう」

一度柳沢吉保が認めた。

「しかし、矢切は寄合医師になったばかりでございまする。その矢切をいきなり奥医師にするのは、いささか……」

最後まで言うわけにはいかない。柳沢吉保が語尾を濁した。

「躬の引きを邪魔する者はおるまい」

将軍の寵愛に諫言《かんげん》でもしようものなら、どういう目に遭っても文句は言えなかった。

そのいい例が柳沢吉保であった。わずか一千二十石の微禄ながら、綱吉の側近として、老中などの執政と同じく西の丸下に屋敷を与えられている。これは、すぐに綱吉の召喚に応《こた》えられるようにとの措置だが、それでも小納戸頭ていどには異例の抜擢《ばってき》であった。なれど、それに誰も異を唱えない。皆、吾が身がかわいいのだ。

「とはいえ、まだそなたを小納戸から引きあげてはやれぬ。重ねての恩恵は、風当たりが強い」

すぐに綱吉も柳沢吉保の言いたいことを理解した。

「畏《おそ》れ入りまする」

「焦ってはならぬ。まだ、躬の足場は弱い」

柳沢吉保の助言を受けて、綱吉が落ち着いた。

「筑前《ちくぜん》を死なせてしまったほどにな」

苦々しく綱吉が頰をゆがめた。

筑前とは堀田正俊《ほったまさとし》のことだ。四代将軍の世継ぎとして綱吉を推し、五代将軍就任をなしえた功臣中の功臣であったが、貞享《じょうきょう》元年（一六八四）八月、城中で従兄弟《いとこ》の稲葉《いなば》石見守《いわみのかみ》正休《まさやす》によって刺殺された。

「その恨みも晴らせておらぬ」

綱吉が歯がみをした。

「まずは盤石な態勢を」

「わかっておる。それにはどうしても跡継ぎが要る」

柳沢吉保の言葉を綱吉は認めた。

「直系で代を継ぐからこそ、譜代の臣が生まれる」

譜代とは何代にもわたって仕えてくれる信頼の置ける家臣のことだ。老中大久保《おおくぼ》加賀守《かがのかみ》や大政参与稲葉美濃守《みののかみ》も徳川譜代の家臣だが、どちらも綱吉譜代とは言えなかった。綱吉にとって譜代とは、柳沢吉保に代表される館林《たてばやし》藩のころから仕えてくれている者だけであった。柳沢家は、父安忠《やすただ》が綱吉がまだ徳松丸《とくまつまる》と名乗っていた幼少から二代にわたって仕えた、譜代のなかの譜代といえた。

「吾が子に六代将軍を継がさねば、譜代がなくなる」

傍系から本家を継いだ綱吉に、本来の意味での譜代大名、旗本は冷たかった。なにせ、先日まで将軍の弟でしかなかったからだ。

徳川家康が作った幕府は、老中という執政によって運営されている。つまり、将軍の直下は執政となる。将軍一門とはいえ、老中には一歩引かなければならない。三代将軍家光《いえみつ》が、弟忠長《ただなが》に世継ぎの座を奪われかけた苦い経験から、将軍の弟といえども老中には逆らえないように幕府は順列を変更した。

家綱に子供がいなかったことで、綱吉は直系相続最初の例外将軍となった。

「吾が子が代を継げば、そなたたち館林の者をそのまま重用できる」

寵臣は一代限りが基本であった。引きあげてくれた主君の死に殉ずるか、身を退くか。これをしなければ、世間の厳しい批判に晒された。

ただ例外が、直系での相続であった。父の寵臣が息子の傅育《ふいく》になる。そして寵臣の息子が次の側近となる。これを繰り返し、主君と譜代の家臣の絆《きずな》は太くなっていく。

「このままでは、甲府《こうふ》にしてやられる」

甲府宰相綱豊《つなとよ》は、綱吉の兄綱重《つなしげ》の子供で、もっとも血筋の近い一門であった。

「はい」

柳沢吉保も認めた。

館林藩士という陪臣から、柳沢吉保は直参旗本になった。だけでなく、さらにその上を狙える状況にある。綱吉の寵愛を考えれば、万石の大名となるだけでなく、老中という最高の地位も考えられるのだ。なんとしても綱吉には子を儲《もう》けてもらいたかった。

「いずれ奥医師にするが、今は御広敷番医師への復帰が無難か」

「格落ちではございまするが、そうなさるべきかと」

寄合医師と御広敷番医師では、一つだけとはいえ、格が違う。

「ただ、遊学を中断させたうえに格落ちでは、納得いたしますまい」

「すなおに従わぬと」

「人というのは、わずかなことでも気に入らぬとあれば、動きを鈍らせるものでございまする。上様、ここは……」

促すかのように柳沢吉保が綱吉の顔を見あげた。

「矢切の禄は」

「たしか百五十俵であったかと」

問われた柳沢吉保が答えた。

「少ないの。ならば、医学研鑽殊勝につきで、二十俵加えてやろう」

綱吉が加増を口にした。

「お見事な案配《あんばい》でございまする」

二十俵がちょうどいいと柳沢吉保が称賛した。

「後は任せる。吉保、うまく矢切を使え」

「お預かりいたしましてございまする」

柳沢吉保が手を突いて、綱吉の命を受けた。


指示を出した綱吉は大奥へと足を運んだ。

「伝を」

昨日新しい側室に手出しをしたばかりである。閨御用を言いつけるつもりはなく、ただ酒の相手をさせるためとして呼びつけた。

将軍は大奥の客、ただ一人許された男の客であった。将軍といえども、勝手に大奥女中たちが住まう館《やかた》へ入りこむことはできない。もちろん、将軍としての権威を振りかざせば、できないわけではないが、後ほど大奥の主《あるじ》たる御台所から厳しい抗議を受ける覚悟が要った。

客とはいえ、ただ一人歓迎される将軍には、専用の客間があった。上《かみ》の御錠口《おじょうぐち》を入り、お鈴廊下《すずろうか》を進んだ左にある小座敷である。その名前の通り、それほど大きな座敷ではないが、控えの間、閨の間、次の間などを従え、将軍が滞在するにふさわしい豪華な造りになっている。その小座敷には、年中炬燵《こたつ》が置かれており、ここで将軍は御台所や寵姫と酒を酌み、茶を喫して、歓談した。

「酒を用意いたせ」

御錠口番の案内で小座敷に入った綱吉は、担当の中臈に命じた。

「お待ちを」

これが中奥《ちゅうおく》ならば、ただちにという応えが返ってくる。が、大奥では将軍を主としていないため、待てという返事になる。

「お待たせをいたしましてございまする」

しばらくして朱塗りの酒器が綱吉の前に置かれた。

「お取りくださいますよう」

朱杯を持ってくれと小座敷中臈が綱吉を促した。

「うむ」

綱吉が酒を受けた。

大奥では表だっての毒味はおこなわれない。もちろん、将軍のもとへ届けられる前に、何度も毒味はされている。ただ、将軍の目の前では毒味をしなかった。

「上様に何かあれば、大奥は潰される」

大奥は将軍が弱みを見せる唯一の場所なのだ。男は女を抱くとき、絶対の隙を生む。防ぎようのないそのときを、将軍は大奥にのみ預ける。その信を裏切れば、相応の報いを受けるのが当然、大奥にいるすべての女中は死を賜り、実家も無事ではすまない。

それをわかっているからこそ、大奥は将軍を必死に守る。なかでどれだけ寵愛を奪い合っていようとも、ここだけは協力する。

寵姫という権力は、将軍がいてこそ成りたつ。将軍が死んだ瞬間、寵姫はそのすべての権を剥奪《はくだつ》されて髪をおろし尼にされることになる。

「…………」

綱吉は黙って杯を重ねた。

「伝にございまする」

小座敷の外から声がかかった。

「来たか。入れ」

杯を置いて、綱吉が許可を出した。

「ご無礼をいたしまする」

髪を結いあげて、派手な裲襠《うちかけ》に身を包んだお伝の方が、綱吉の前で手を突いた。

「ほう、あでやかじゃの」

綱吉がお伝の方を褒めた。

「日ごろ、白絹で髪を下ろした閨姿ばかり見ておるせいか、いつにもまして美しいぞ」

「かたじけなき仰せ」

手放しの称賛にお伝の方が頬を染めた。

「杯を、伝に」

控えている小座敷中臈へ、綱吉が指示をした。

「はっ」

小座敷中臈がお伝の方へ小ぶりの朱杯を差し出した。

「ご恩をちょうだいいたしまする」

朱杯をお伝の方が押しいただいた。

「上様、今夜は……」

一口というか、唇を湿しただけでお伝の方が杯を置いて、綱吉を見つめた。

「控えよ」

綱吉が小座敷中臈に手を振って、他人払《ひとばら》いを命じた。

ちらとお伝の方を見てから、小座敷中臈が出ていった。

「気に入らぬの。あやつ、そなたを疑ったぞ」

小座敷中臈がお伝の方に向けた眼差《まなざ》しの意味を悟った綱吉が不機嫌な声を出した。

「忠義者でございまする。お咎めなさいませんよう」

お伝の方が宥めた。

大奥のありように矛盾しているといえるが、側室ほど厳しく身体をあらためられる者はいなかった。正室たる御台所以外の女は、将軍の閨に侍るとき、全身を探られることになる。それこそ、髪の毛の間から、女の密《ひそ》か所、肛門《こうもん》まで確かめられる。そのうえで、身を隠す夜着も奪われるのだ。夜着を使っての絞殺を防ぐためという理由で、閨に入る前に素裸に剝《む》かれた。精を放つ瞬間の隙を護《まも》るため、大奥は女の尊厳でも平気で侵す。

寵姫が大奥でもっとも警戒されていた。

「やさしいの、伝は」

「……はい」

綱吉が笑った。

「さて、今宵《こよい》、そなたを閨に誘わなかったのは、話をしておくべきことがあったからじゃ」

「弥生のことでございましょうや」

昨夜、綱吉が閨に呼んだ中臈の名前をお伝の方が出した。

「それもある。弥生は、そなたの下に付ける。指導してやれ」

側室筆頭、お部屋さまの地位は揺らぐことはないと綱吉が断言した。

「わかりましてございまする」

お伝の方が頭を垂れた。

「さて、本題じゃ。あの医師が江戸へ着いたそうだ」

「矢切良衛でございますな」

しっかりお伝の方は良衛の名前を覚えていた。

「奥医師にしてやろうと思ったが、目立つのはよくないと吉保が申すのでな、加増のうえ、御広敷番医師へ戻すことにした」

「お見事なご差配」

格落ちを加増で補う。お伝の方が、感心した。

「ついては、矢切をそなた付きにしようかと思うのだが、よいな」

綱吉が確認した。

お伝の方は綱吉の子供を二人も産んでいる。そのお陰で将軍一門に準ずる扱いを受け、奥医師の診察を受けていた。

「わたくし専任に」

「そうだ。そなたがもっとも躬の子を孕みやすいでな」

綱吉がうなずいた。

「かたじけなき仰せながら、それはご遠慮申しあげまする」

「なぜじゃ」

断ったお伝の方に、綱吉が首をかしげた。

「大奥には、上様のお情けを受ける者が、わたくし以外にもおりまする。昨夜より加わりました弥生、美代《みよ》、露《つゆ》も上様のお子を授かるやも知れませぬ。上様のお言葉はまことにうれしく、ありがたく存じまするが、わたくし一人ではなく、上様のお胤を宿す女《おなご》すべてが、等しくその恩恵に与《あずか》るべきだと考えまする」

お伝の方が理由《わけ》を語った。

「そなたは、見た目だけでなく、心根も美しいよの。あいわかった。矢切には御広敷全体を診させよう」

「かたじけなき仰せ」

綱吉の決定に、お伝の方が礼を述べた。

「もう一つ……」

ちらと綱吉が周囲に目を走らせた。

「そなたに薬が盛られているのではないかという疑いのことだ」

「……はい」

話題の内容に、お伝の方も声を潜めた。

大奥へ入るまで、館林藩の神田館《かんだやかた》にいたころお伝の方は、綱吉の子を二人も授かった。それが、大奥に移ってから子を産むどころか、懐妊さえしていない。

そのことを疑問に思った綱吉は、子をできにくくする薬がお伝の方に使われているのではないかと考え、長崎へ出していた信頼する医師の良衛を呼び返した。

「それも矢切にさせようと思っておるのだが……」

「どうやって調べさせるかでございましょうや」

綱吉の困惑をお伝の方が見抜いた。

「食べものはよい。同じものを用意し、矢切に渡せばすむ。それ以外についてだ」

難しい顔を綱吉が見せた。

「他に毒を盛る手立てがございますので」

食べものと飲み水だけに注意していればすむと考えていたお伝の方が驚いた。

「伊賀者《いがもの》に問うてみた」

将軍の隠密《おんみつ》御用を務めるため、伊賀者はお休息の間近くの中庭に控えている。庭へ散策にとの体《てい》を取った綱吉から、伊賀者は指示を受けて全国へ飛んでいく。

「……伊賀者に」

お伝の方が震えた。

伊賀者は、大奥の警固を担当している。とはいえ、大奥の女にとって近いものではなかった。建前とはいえ、大奥は男子禁制を厳格に遵守している。警固でも男が出入りしてよいところではない。伊賀者は姿を見せず、大奥を守る。それを不気味と感じるのは、女としての本能と言えた。

「ああ。伊賀者によると、毒を相手に盛る方法は山ほどあるそうだ。寝ているときに、開いている口へ垂らしこむ。風呂《ふろ》の水に毒を混ぜ、身体から吸収させる。厠《かわや》の落とし紙に毒を染みこませ、女の秘所に触れさせる。衣服に仕込んだ針を使う……後は忘れたわ」

綱吉が語った。

「……………」

お伝の方が絶句していた。

「そのすべてを防ぐのはまず無理だと、伊賀者が首を振っていたわ」

「では、どうして防げば」

「それを矢切にさせる。細かいことは、そなたに任せる。矢切とよく話し合え」

綱吉が対策を良衛に丸投げした。

「……わかりましてございまする」

お伝の方が平伏《ひれふ》した。

四

一千二百石ながら典薬頭を世襲し、薬草園の管理も担う今大路兵部大輔の屋敷は広い。

「ただいま戻りましてございまする」

良衛は、今大路兵部大輔の前で帰府の報告をした。

「長崎遊学は残念であったな。これも上様のご命じゃ。いたしかたないとあきらめよ」

今大路兵部大輔がなぐさめた。

「承知いたしておりまする」

一日とはいえ、患者を診たことで良衛は落ち着きを取り戻していた。

「長崎で得たものはあったか」

「ございました。南蛮の医術は、我らの想像を絶するところにございました」

良衛は興奮しながら、長崎でのことを語った。

「……儂《わし》に言われてもわからぬが、よかったではないか」

延々と話し続けた良衛に今大路兵部大輔が苦笑した。

「とにかく、明日朝五つ（午前八時ごろ）医師溜へ出るように。そこであらたなお役目が決まるだろう」

まだ今大路兵部大輔のもとにも、人事についての情報は降りてきていなかった。

「承知いたしました」

「弥須子と一弥だが、どうする」

「屋敷が落ち着きまするまで、あと数日無理をお願いいたしたく」

問われた良衛が、もう少し預かってくれと願った。

「吾が娘、吾が孫じゃ。一月《ひとつき》が一年でもかまわぬ」

今大路兵部大輔が当然のことだと手を振った。

「ただの、一弥のことじゃが、いささかやりすぎではないかの。まだ幼いというに朝から晩まで、ずっと書物を前にしているのはどうか」

「わたくしも、弥須子に身体を作ってからでも勉学はできると申しておるのでございますが……どうしても医者にすると」

良衛も嘆息した。

「相変わらずか、弥須子は。すまぬな」

事情はわかっている。今大路兵部大輔が詫《わ》びた。

「いえ。わたくしが手綱を握っておれましたら……」

男として妻を抑えきれないのは恥と良衛が頭を下げた。

「儂からも自重するように言っておこう」

「お願いをいたしまする」

父親の意見ならばと、良衛は期待した。

「帰りに会っていくがよい。客間の一つにおる」

「そうさせていただきまする」

「さて……」

義理の親子らしい会話の終わりを今大路兵部大輔が雰囲気の変化で告げた。

「産科について、なにか見つけてきたか」

「あいにく和蘭陀商館長は、医術の心得を持ちますが医者ではございませなんだ」

最初に良衛は失望を伝えた。

「和蘭陀商館に医者はおらなかったのだな」

「ときどきは来るようでございますが、わたくしが参りましたときは、商館長が代行していたようでございまする。というか、商館長になるためには、医術の心得がいるのではないかと感じましてございまする」

「人員に限界がある……か。南蛮から本朝は遠すぎる」

良衛の推測を今大路兵部大輔が認めた。

「今後も長崎へ医者を遊学させるならば、そこを確認してからにすべきだな。その辺は長崎奉行に訊けばすむ。一々長崎まで問い合わさずとも、江戸にも長崎奉行はおるでな」

今大路兵部大輔が次からの手配を考えた。

「そういえば、江戸の長崎奉行はなにをいたしておるのでございまするか。他の遠《おん》国《ごく》奉行で、一人一年交替などというものはないと思いましたが」

ずっと疑問に思ってきたことを良衛は問うた。

「一人だと悪事を働くからな」

「悪事……抜け荷」

「聞いただけで実際は知らぬが、長崎奉行は数年務めただけで、孫の代まで裕福だそうだ。それだけ唐渡り、南蛮渡りの品を扱えば儲かる。それを一人に任せれば、やりたい放題にしかねぬからな。一年交替にすれば、馬鹿もできまい」

「なるほど」

良衛は納得した。

「話を戻すが、上様からご諮問があるぞ。南蛮流産科術について」

「義父《ちち》上から奏上していただくわけにはまいりませぬか」

将軍に会うなど百五十俵ほどの家柄ではまずない。作法も厳しい。良衛は逃げを打った。

「許されると思うか。上様はご自身でお確かめになられたくお考えだぞ。なにせ、おぬしの遊学を上様が直《じか》にお認めになったのだからな」

今大路兵部大輔が冷たい目を向けた。

「……お目通りのうえ、ご下問でございますか」

良衛はため息を吐いた。

「無礼ぞ、それは」

将軍への面会を嫌がるのは、旗本としてまずい。今大路兵部大輔が良衛を叱った。

「申しわけありませぬ」

詫びた良衛は続けて考えを述べた。

「産科の本を和蘭陀商館で筆写して参りました。それをお話しすればと思っております る」

将軍は医術にまったく知識がない。良衛は大丈夫だろうと述べた。

「抜かりのないようにいたせよ」

「わかっておりまする」

綱吉を怒らせれば、その余波は岳父である今大路兵部大輔へ及ぶ。良衛はしっかりと首を縦に振った。

今大路兵部大輔の許しを得た良衛は客間に仮住まいをしている妻と息子を訪ねた。

「おかえりなさいませ」

「父上、ご無事のお帰りをお待ちいたしておりました」

弥須子と一弥が畏《かしこ》まって出迎えた。

「ただいま戻った」

良衛はほほえみながら一弥の背中を撫でた。

「勉学か。なにを学んでおる」

良衛が一弥の前の書見台を覗《のぞ》きこんだ。

「四書五経《ししょごきょう》のうち春秋《しゅんじゅう》でございまする」

一弥が背を一杯に伸ばして告げた。

「春秋か。ふむ。父も子供のころに読んだ。地震や洪水などの天変地異が書かれていて、興味深いものであった」

まず、良衛は弥須子の選択を褒めた。

「しかし、一日座っていては身体によくない。一弥も医者になるならば、まず元気でなければならぬ」

弥須子の顔へ良衛は目をやった。

「なぜならば、病がちな、ひ弱な医者にかかりたいと思う患家はおらぬ。足腰が弱く立つことさえ難しい外道医が信用できるか。青白い顔色の本道医に診て欲しいと思うか。どちらも、まず己を治せと言われるだけじゃ」

「はい」

わかりやすい喩《たと》えに一弥がうなずいた。

「勉学はせねばならぬ。これはまちがいない。と共に身体も作らねば、よい医者にはなれぬ。どれ、一弥、少し外へ出よう」

「…………」

息子を誘った良衛に弥須子は珍しく反論しなかった。

「手拭《てぬぐ》いを持って参れ」

身体を鍛えていない一弥に、いきなり木刀を持たせるのはまずい。良衛はまず身体の筋の動きを覚えさせることにした。

今大路兵部大輔の屋敷には、広大な庭がある。また騎乗身分であることもあり、厩《うまや》とちょっとした馬場もあった。良衛は庭ではなく、なにもない馬場へ一弥を連れて行った。

「一弥も六歳になったゆえ、剣術を始めるべきだと思う。今でこそ幕府医師をしておるが、もともと矢切の家は、戦場医師じゃ。戦いもできなければならぬ」

「医者が人を殺すのでございまするか」

一弥が驚いた。

「医者が人を殺すのではない。人が人を殺すのだ」

良衛は厳しい口調で言った。

「人と人は争うものだ。今は徳川が天下を押さえているゆえ、戦はない。なれど、人と人の諍《いさか》いはなくなっていない。他人と競い合う。それが人の本質だからな」

「人の本質……」

一弥が戸惑った。

「今はわからずともよい。父とてわかるようになったのは、ここ最近じゃ。ただ、一つ、己のことは己で護らねばならぬとだけ知っておけ。もちろん、父がおるところでそなたになにかが襲い来たのならば、身を挺《てい》して護る。父も母も、そなたを大事に思っておる」

「……はい」

わかるところに話が降りてきた。一弥がうなずいた。

「いずれ、そなたも嫁を娶《めと》り、子をなすであろう。そのとき、父と同じことを言いたいと思わぬか。己の子に護ってやると」

「言いたい」

一弥が目を輝かせた。

「では、剣術を学ぶべきであろう。父が教えてくれる。手拭いを出しなさい。その端を右手で握って、足は肩幅くらいに……」

良衛は一弥に素振りのまねごとをさせた。

「もう帰って来たのかい」

番頭の話に日本橋《にほんばし》の廻船《かいせん》問屋房総屋《ぼうそうや》市右衛門《いちえもん》は、目を大きくした。

「長崎へ行ってまだ数カ月だろう」

「屋敷を見張っていた者から、診療を再開したとの報《しら》せがございました」

首をかしげた房総屋市右衛門に番頭が答えた。

「代診じゃないのか」

誰か代わりの医者を立てたのではないかと房総屋市右衛門が疑ったのも無理はなかった。

「そういえば、長崎へ行かせた連中はどうしたんだい。あの医者が江戸へ戻るならば、連中も帰ってきていなければおかしいじゃないか。多少、風や潮のつごうで前後してもだ」

良衛から南蛮流産科術を奪い取ろうと考えた房総屋市右衛門は、長崎へ船を一艘《そう》出している。

「まだ帰って来てはおりません」

番頭も怪訝《けげん》な顔をした。

「時化《しけ》の噂とかを聞いているかい」

船は危険を抱えている。ちょっとした嵐で荷を満載した船が沈むことはままある。

「いえ。今日も紀州新宮《きしゅうしんぐう》からの船が入りましたが、そのような話はでませんでした」

番頭が否定した。

「となると長崎でなにかあったと考えるしかないが……役に立たないやつだ」

船頭の心配を房総屋市右衛門は、していなかった。

「急な帰府とあれば、目的のものを手に入れたと考えるべきなんだろうね」

唸《うな》りながら房総屋市右衛門が腕を組んだ。

「お露に上様のお手は付いた。とはいえ、お通いは月に一度ほどしかない」

房総屋市右衛門の娘露は、旗本の養女となって大奥へあがり、綱吉の寵愛を受けていた。

「お部屋さまどころか、側室としての扱いも受けていない」

将軍の子を産むか、よほどの寵愛を受けなければ、自前の住居と配下を持つお部屋さまにはなれない。それまでの間は、御台所やお部屋さま、上臈などの上級女中の部屋子として、普通の中臈と同じ扱いを受ける。

「なんとかしてお露に将軍さまのお子を産んでもらわないと。廻船問屋だけでは、これ以上の成長は難しい。唐物屋も金貸しもしてみたい。かといっていきなり手出しをしたところで、御出入り先もない状態では、先が暗いだけだ。諸家出入りになるためにも、いや、長崎に出店《でだな》を出すにも、御上の後押しが要る」

房総屋市右衛門は、娘を通じて商売の手を広げようとしていた。

「これからは刀じゃなくて、金だ。お武家が、商家に頭を下げて金を借りに来るんだよ。つまり、金さえあれば、お大名さまよりもえらくなれる」

泰平は天下の価値観を変更させた。

命を懸《か》けて戦い、生き残った者が領地と財を得る。乱世は強さこそ価値であった。しかし、それは泰平で変わった。簡単なことだ。天下の豪傑の息子が、武に優れているとは限らない。己が血にまみれてつかみ取った領地を守り抜くだけの力を息子は持ち得ていない。それに気づいたとき、力を持つ者は、どうやれば非力な子孫を守れるかと考える。その結果、選ばれたのは力とは正反対の秩序であった。秩序は力を否定する。強者が弱者からすべてを奪い取ることを許さない。血統という秩序が武家を支配したとき、天下は腐り始める。

馬鹿でもなんでも親が大名ならば、大名になれる。血筋を正統なものとするため、過保護に育てられた子供がろくな者になるわけはない。

先祖の功績を己のものと勘違いして傍若無人になるか、なにも考えなくていいとすべてを配下に丸投げして傀儡《くぐつ》になるか。

どちらにせよ、血筋をなによりの価値にしないと、馬鹿な当主や操り人形の当主では、政《まつりごと》は続けていけない。

こうして幕府は力で成立していながら、継続のために力を否定した。

この矛盾が、金の台頭を招いた。

力に代わる基準としてもっともわかりやすいということと、泰平になったことで明日の心配をせず、蓄財できるようになったからである。

明日家が焼かれる、明日殺されるかも知れないと思えば、誰も金を貯めようとは思わない。生活の余裕を測るにはものより金がわかりやすく、保存もしやすい。米をいくら持っていても、年ごとに古くなっていく。野菜や魚などは数日で腐り価値を失う。

腐らず、価値の上下があまりないものとなれば土地か金しかない。しかし土地は幕府や大名が独占しており、普通の武家、町人ではそうそう手にできるものではない。武家として領地を与えられている者でも、いつ取りあげられるか、いつ違うところへ移されるかわからないのだ。勝手な売り買いなどできようはずもない。

支配者に連なる武家でさえそうなのだ。庶民は金に頼るしかなくなる。

武家と庶民では、庶民が多い。世間の価値は、多いほうに傾く。泰平の維持のために否定された武は金に屈し、武士は喰わねど高楊枝《たかようじ》とは言えなくなった。

金がなければなにもできない。すでに天下はそうなっていた。

「旦那《だんな》さま」

番頭がおずおずと房総屋市右衛門を見あげた。

「なんだい」

機嫌の悪い声で、房総屋市右衛門が応じた。

「医者にいうことを聞かすには、頭を押さえるべきではございませんか」

「……医者の頭」

番頭の言葉に、房総屋市右衛門が首をかしげた。

「典薬頭さまにお願いして、長崎で学んできた南蛮秘術を旦那さまに……」

「なるほど」

房総屋市右衛門が番頭の案を認めた。

「ただあの医者は典薬頭の一人今大路の娘婿だ。さすがに身内の手柄を岳父が売りつけるとは思えぬ」

しっかりと良衛の身辺調査はすませてある。

「となるともう一人の典薬頭……半井出雲守《いずものかみ》さまだっけな」

廻船問屋として、九州や泉州《せんしゅう》堺から運ばれてくる薬の材料を扱うこともある。房総屋市右衛門は、半井出雲守のことを知っていた。

「半井さまのお屋敷で誰か存じあげているかい」

「荷受けをお願いしているご用人の真田《さなだ》さまとは、面識がございまする」

「真田さまね。わかった。顔を見てこよう」

房総屋市右衛門が腰を上げた。

江戸の豪商というのは、いろいろな伝手《つて》を持っている。持っていなければ、江戸で大店《おおだな》をやっていけない。

前触れもなしに訪れた房総屋市右衛門を、半井出雲守の用人真田が迎え入れた。

「不意の面談にもかかわらず応じていただき、感謝しております」

房総屋市右衛門が形だけの詫びを言った。

「江戸で一番という廻船問屋の房総屋を、にべもなく帰す者などおるまい」

真田が苦笑した。

「会った早々に悪いが、多忙でな。無駄話をしている余裕はない」

さっさと用件に入れと、真田が急《せ》かした。

「わかっておりまする。典薬頭さまにお願いがあって参りました。長崎遊学から帰って来た寄合医師矢切良衛さまより、南蛮流の秘術を聞きだしていただきたく」

「矢切だと……」

真田が表情を険しいものにした。

「矢切どのは、今大路兵部大輔さまのご一族ぞ。当家から働きかけるのは、いささか筋違いじゃ」

「さようでございましょうか」

断ろうとした真田に、房総屋市右衛門が不思議そうな顔をしてみせた。

「今大路兵部大輔さまの娘婿とはいえ、幕府医師には違いございませぬ。幕府医師はすべからく典薬頭さまのご指示に従うべきでございましょう。なにより今大路兵部大輔さまがなされては、身びいきに見えましょう」

「身びいきか……たしかにの」

一門を重用するのは当たり前であったが、あまり露骨にすると他家の反発を買いやすくなる。老練な役人ほど、身内を表舞台へ出すことに慎重であった。

「ああ、ご挨拶を忘れておりました。どうぞ、お納めを」

考えている真田の前に、房総屋市右衛門が小判を十枚並べた。

「これは真田さまへ。出雲守さまにはあらためて」

房総屋市右衛門が告げた。

「気遣ってくれるとは、ありがたいな」

真田が小判へと目を落とした。

旗本の用人は、大名の家老にあたる。旗本の家臣としては、最高の身分を誇るがそれほど高禄ではない。一千石から二千石ていどの旗本家では、五十石いくかいかないかの薄禄であることが多く、十両は大金であった。

「殿にお願いするのは難しいぞ。あまり無茶を命じると、今大路兵部大輔さまが出張ってこられる。同格の今大路兵部大輔さまが出て来られれば、こちらは引かざるをえぬ」

難しいと真田が首を左右に振った。

「それでは……」

房総屋市右衛門が、小判へと手を伸ばし、引き戻そうとしてみせた。

「儂がなんとかしてみよう」

あわてて真田が言った。

「ありがたいことで」

房総屋市右衛門が手を引いた。

「ただ南蛮の秘術となれば、そのあたりの輩《やから》に任せるわけにもいかぬ」

「はい」

真田の懸念に房総屋市右衛門が同意した。

「少しばかり準備に手間がかかるぞ。今すぐにとはいかぬ」

「わかっておりまするとも」

猶予を求めた真田に、房総屋市右衛門が首を縦に振った。

「任せてもらおう。ただし……」

ちらと真田が小判を見た。

「承知いたしておりまする。これはご挨拶。秘術をお渡しいただければ、相応のお礼はさせていただきまする」
金を要求した真田に、房総屋市右衛門がうなずいた。

第二章　波乱の復帰

一

将軍への遊学完了報告は、白書院で奏者番によって取り仕切られる。まず、奏者番が遊学していた者の名前、身分、遊学の場所と目的を読みあげ、それが無事に完了したという報告と遊学させてもらったお礼を良衛《りょうえい》が口にして終わる。

綱吉《つなよし》は最初から最後まで一切声を発することはない。

ずっと良衛は頭を下げて、畳の目を数えていれば儀式は勝手に流れていく。

普段であれば、こうなるはずであった。

「おかげをもちまして、長崎《ながさき》で医術を学び、身につけることがかないましてございまする。この恩恵をかたじけなく思い、怠ることなく今後も研鑽《けんさん》に励みまする」

あらかじめ仕込まれていた台詞《せりふ》を良衛は述べた。

「大儀であった」

「……………」

綱吉が良衛の御礼言上に応じた。

昨日今大路《いまおおじ》兵部大輔《ひょうぶだゆう》から聞かされていた良衛を除く、その場の全員が驚いた。

将軍自らが寄合医師ていどに声をかけることは異例中の異例であった。

「畏《おそ》れ多いお言葉でございまする」

わかっていた良衛は額を畳に押しつけた。

「矢切《やきり》良衛」

「はっ」

名前を呼ばれた良衛が緊張した。わかっていても、もともと御家人でお目見えできない身分であったのだ。直接将軍と話をすることに慣れていなかった。

「得たものはあるの」

「……些少《さしょう》ではございまするが」

綱吉の言いたいことはわかっている。良衛はないと答えるわけにはいかず、後々のことを考えれば、自信があるとは言えなかった。

「早速に発揮できるか」

「微力ながら、尽力いたしまする」

主君の命に近い。良衛は努力すると答えて逃げ道を作った。

「うむ」

綱吉が満足そうにうなずいた。

「矢切良衛、医術修業精励につき、二十俵を加える」

「えっ」

加増と聞いて良衛が驚いた。

「これっ」

同席していた目付が、良衛の無礼を叱った。将軍の口から出たことはすべて受け入れなければならない。まちがっても疑いをもってはならなかった。

「か、かたじけなく存じまする」

あわてて良衛は礼を述べた。

「続けて、寄合医師を解き、御広敷番《おひろしきばん》医師を命じる」

「……はっ」

現場に戻れる。良衛は素直に受けた。

「…………」

同席していた若年寄、目付、奏者番が息を呑《の》んでいた。

褒めて加増をしたうえでの降格は、滅多《めった》にあるものではなかった。

「励め」

そう残して綱吉が席を立った。


良衛のことは、すぐに城中へ拡がった。

「遊学中断でのお召しで、お咎《とが》めどころかお誉めいただいただと」

奥医師の一人が噂を運んできたお城坊主《しろぼうず》に疑いの目を向けた。

「はい。どころか、二十俵のご加増まで」

「加増……」

「それは」

医師溜《いしだまり》にいた奥医師全員がおどろいた。

幕府医師というのは身分上の出世がほとんどで、加増はまずされない。民間の医師から幕府医師になったときには禄《ろく》を与えられるが、これは旗本という身分に付くものであって加増ではない。

また、将軍やその家族の病を劇的に癒《いや》したとしても、扶持米《ふちまい》を与えられるか、御手元金を下賜されるのがほとんどで、本禄の加増はまずなかった。

これは医師の任が患者の治療で、病を癒して当然だからである。患者を治すたびに加増していては、大名医者が生まれてしまう。

医師は特別な扱いを受けるとはいえ、武が表芸の旗本にとって自慢できるものではない。医術の地位は、幕府ではかなり低く、表御番《おもてごばん》医師や御広敷番医師などは馬医師よりも格下なのだ。

その医者が高禄になっては困る。また、医術は本人の技量によるところが大きく、名医の息子だから腕がいいとはなりえない。父の功績を息子に譲らせる意味があまりないこともあり、医者の褒賞は一代限りのものになるのが慣例で、子孫に受け継げる本禄加増はきわめて珍しいものであった。

「上様が、矢切の長崎遊学の成果をお認めになったと……」

「……奥医師に抜擢《ばってき》される日も近い」

奥医師たちが顔色を変えた。

「それがでございます。上様は矢切さまを寄合医師ではなく……」

十分奥医師たちに衝撃が拡がるのを待って、お城坊主が口を開いた。

「なんじゃ。早く申せ」

「どうなった」

奥医師たちが結果を聞かせろと要求した。

「…………」

お城坊主が笑った。

「わかった」

奥医師の一人が懐から紙入れを出し、お城坊主に小粒金を握らせた。

「…………」

受け取りながら、お城坊主は沈黙を続けた。

「ええい。これもやる」

別の奥医師が小粒金を二つ、お城坊主に渡した。

これがお城坊主の副業であった。

俗世を離れた僧侶《そうりょ》という体《てい》を取ることで、江戸《えど》城のどこにでも入れるお城坊主は、いろいろな機密や噂話に触れる機会が多い。遠国《おんごく》奉行の誰それを江戸へ召還するという情報は、一人新しい遠国奉行の就任を意味する。遠国奉行になりたいと思っている者にしてみれば、早く知ることで猟官運動ができる。こういった情報の需要を考えて、お城坊主は噂を売り歩いていた。

「これは、これは」

ようやく納得のいく金額になったのだろう。お城坊主が喜んだ。

「さっさと話せ」

金を払った奥医師が、お城坊主を急かした。

「矢切さまは、御広敷番医師に」

「なんだと……」

「格落ちか」

お城坊主の答えに奥医師たちがなんとも言えない顔をした。

「……ご苦労であった」

奥医師の一人が、お城坊主に手を振った。

「では、ごめんくださいませ」

お城坊主が用はすんだと医師溜を出ていった。

「わからん」

本道の奥医師が首をかしげた。

「加増しておきながら、格落ちとは、どういうことだ」

外道の奥医師もわからないと両手を上げた。

「…………」

「どうかなされたか、清往《しんおう》どの」

一人顔色をなくしている産科の奥医師に本道の奥医師が気づいた。

「御広敷番医師……」

「ああ、貴殿と同じ大奥担当でござるな」

「前も御広敷番医師であったのでございましょう。ならば、問題はございますまい」

呆然《ぼうぜん》としている清往に、他の奥医師たちが慰めを口にした。

「ご存じなのでございましょう。矢切のこと」

本道の奥医師が清往に問うた。

「いいや。愚昧《ぐまい》は奥医師でござる。御台所《みだいどころ》さまとお伝《でん》の方さま以外診ませぬゆえ、御広敷番医師の溜には参りませぬで」

清往が首を横に振った。

奥医師の格と矜持《きょうじ》は高い。幕府から最高の名医だという保証を与えられただけに、他の医師を下に見る風潮がある。

表御番医師や御広敷番医師のように、求められれば誰でも診るわけでもなく、仕事以外で奥医師の溜に籠《こ》もったままであった。表御番医師や御広敷番医師たちの溜には近づかず、顔を合わせることもしなかった。

「ならば、前回同様でよろしかろう。お気になさるほどではなかろう」

本道の奥医師が、清往をなだめた。

「上様が直接医師の人事に口出しされたのだぞ」

清往はなだめを拒んだ。

「きっと愚昧を解任して、矢切を……」

「それならば寄合医師のままでよろしかろう。わざわざ格落ちさせる意味はございますまい。なにより、格落ちは記録として残りまする。まちがいなく出世の足かせになりましょう」

「そうでござるぞ」

頭に血を上らせている清往を皆が落ち着かせようとした。

「……本日はこれで」

すでに奥医師としての日課はすんでいる。清往は落ちこんだまま医師溜を後にした。

「おかえりなさいませ」

屋敷に戻った清往を弟子が出迎えた。

「先生、なにかございましたか」

師の顔色の悪さに、弟子が気づいた。

「なんでもない。少し、気分が優れぬ。患家の対応は任せる。儂《わし》は寝る。なにがあっても、明日の朝まで起こすな」

清往が弟子に厳命して、奥へと引っこんだ。

「……わざわざ上様が矢切を御広敷、大奥を診ろと命じられた」

一人になった清往が震えた。

「大奥女中から噂に聞いたことがある。矢切の長崎遊学は、お伝の方さまから南蛮《なんばん》流の孕《はら》み術を学んでこいと言われたためだと」

良衛の遊学目的を清往は把握していた。

「それを手に入れたからこその、遊学中断。だからこその加増。それを施させるには、大奥への出入りができない寄合医師ではまずい。お伝の方さまのもとへ行かせるため、御広敷番医師にした。これならばつじつまが合う」

清往の顔色が蒼白《そうはく》になった。

「もし、これでお伝の方さまが懐妊なされば……」

大きく音を立てて、清往が唾《つば》を呑んだ。

「今までなにをしていたと責任追及が始まる」

清往が天井を見あげた。

「役立たずとの烙印《らくいん》を押されて、奥医師を追放されれば……身の破滅だ」

奥医師を首になった医師のもとに患者はこなくなる。

「吾《わ》が苦労が無になる。十一歳から修業して、三十年。ようやく摑《つか》んだ奥医師の座を失うわけにはいかぬ」

清往が目つきを鋭くした。

奥医師は金になった。幕府からの禄は二百俵そこそことあまり多いものではないが、その余得はすさまじいものであった。

なにせ幕府が認めた名医なのだ。診てもらいたいと考える患者は引きもきらない。医は仁術でなければならないと思うのは患者であり、医者にとって医業はあくまでも生活の術《すべ》でしかない。商売なのだ。商品と同じく、診療も人気が高くなれば当然、値段もあがる。

基本、医術は僧侶の施しと同じ扱いを受け、無料であった。ただ、無料では医者が生きていけないため、僧侶のお布施にあたる謝礼をもらう。謝礼は出すほうが金額を決められるのが通常だが、はやり医者ともなれば、あるていど出さなければならなくなるのは、常識である。

その金額が奥医師になったとたん跳ねあがる。

他にも薬代が高い。診療費はお任せでも、薬は仕入れの費用がかかるため、無料あるいは原価を割ってまで処方されることはない。原価に処方料金が加算された金額を医師は、要求する。このときの処方料金が、奥医師は高かった。

奥医師は、その辺のはやっている医者の倍以上の金がかかる。それでも患者はやって来た。それだけ奥医師という看板には価値がある。

「なんとしてでも……」

清往がふと言葉を切った。

「そうか……あやつが得てきた医術を、儂が施せばよい」

夜具に横たわっていた清往が起きあがった。

「奥医師の権をもって、矢切から聞き出せばよい」

清往の顔色がよくなった。

「おい、出かける。駕籠《かご》を用意いたせ」

清往が大声を出した。

二

奥医師は外出に駕籠を使った。医者の多くは、隣家に往診に出向くにも駕籠を使用した。駕籠賃を上乗せして請求するためである。これも診察料が相手任せの医者が考え出した手段であった。医者は往診にいろいろな道具を持っていく。診察に要るもの、治療に使うものだが、相手の状況に応じて対処しなければならないという理由で、ありとあらゆるものを持参する。すでに何度も診ている患者ならば、なにが要り、なには不要かわかっているにもかかわらず、一切合切《いっさいがっさい》を運んでくる。ひどい医者になると、男の往診にお産の道具を持ち込む。こうすることで荷物が多く、徒歩ではいけないとの形を見せつけ、駕籠賃を患者からむしり取るのだ。

これは医者の間では当然のものとして扱われ、気軽な良衛でさえ、駕籠で行くときはある。もちろん、駕籠賃を払える商家とか裕福な家への往診に限るが、近くの駕籠屋と話し合いをすませて、手配できるようにしている。

これが奥医師ともなると、四人で担ぐ立派な塗り駕籠を自前で持っていた。当然、駕籠かきたちの給金も乗せた金額を駕籠代として請求することになる。なかには駕籠かきたちへの心付けまで要求する医者もいた。

「藪《やぶ》ほど、駕籠が立派になる」

庶民たちは駕籠で往診に行く医者を白い目で見ていたが、なかでふんぞり返っているだけに、当人は気がつかない。

清往は夕方に、良衛の屋敷に駕籠を付けた。

医者の門は閉じられてはならず、寺の門は開けられていなければならない。民の救済を目的とする医者と僧侶は、訪れる者のために門戸を開いておく。さすがに暗くなると閉めるが、本来当主の出入り以外で開かれない大門を、矢切家は夜明けから日暮れまで開放している。

「奥医師、田上《たがみ》清往先生がご来駕《らいが》である」

供先の弟子が門を潜り、上から来訪を告げた。

「田上先生でございますか。主《あるじ》に報《しら》せて参りまする。しばし、お待ちを」

応対した三造《さんぞう》が、良衛のもとへと走った。

「かまわん。玄関へ付けろ」

駕籠のなかから清往が命じた。

武家には屋敷にも厳格な基準が設けられており、旗本、それも諸大夫《しょだいぶ》以上の家柄でなければ、玄関を作ってはならなかった。

ただし、医者だけは別格とされていた。歩くことさえできない重症の患者を駕籠で運んでくる場合があるため、医者の屋敷だけは禄高、身分にかかわらず、玄関と駕籠を置く式台を作ることが許されていた。

清往は屋敷の主である良衛の許可なく、玄関へ駕籠を付けさせた。

「……田上先生だと。奥医師の」

前触れもなしの訪問は無礼とされている。交流があれば、おかしな話ではないが、良衛は、田上清往と面識がなかった。

「何用かはわからぬが、奥医師どのとあればむげにもできぬ」

直接の上役ではないが、相手は幕府医師の頂点に立っている。機嫌を損ねていいことなどない。

良衛は客間も兼ねた診察室へ、清往を通すようにと三造へ指示した。

「……むっ」

許しなく駕籠を玄関式台に置いた清往一行に、一瞬三造が鼻白んだ。

「お待たせをいたしました。どうぞ」

とはいえ、怒るわけにもいかず、三造はていねいに小腰をかがめた。

「お供の方はこちらで」

供待ちを指して、三造が清往を診察室へと案内した。

「ここが診察室か」

清往が、勝手に置いてある蘭方《らんぽう》の書物を開いた。

「なんじゃ、この折れ釘《くぎ》どころではない文字は」

なかを見た清往が呆然とした。


「田上先生、ようこそのお出《い》でで」

格上の清往を放置はできない。袴《はかま》を身につけただけで良衛は急いだ。

「蘭書《らんしょ》ではないか。まったくわからぬ。そなたは読めるのか」

不意の来訪を詫びもせず、清往が苦情を言った。

「蘭方医でございますれば、それくらいは」

良衛は読めると答えた。

「でなくば、長崎へ行けぬわな」

清往がつまらなそうに、本を投げた。

「奥医師、田上清往じゃ」

「御広敷番医師矢切良衛でございまする」

名乗られては返さなければならない。これは礼儀であった。

「上様から、御広敷番医師を命じられたそうだの」

「はい。御自らお言葉を賜りましてございまする」

臣下の義務として、頭《こうべ》を垂れながら良衛は告げた。

「それはなによりも名誉なことじゃ」

「末代までの誉れと思っておりまする」

良衛は胸を張った。

「ところで矢切、そなたは外道医じゃな」

「はい。外道を得手としておりまする」

確認に良衛はうなずいた。

「外道医のおぬしが、なぜ御広敷番医師になった」

「……大奥女中にも怪我をいたす者はおりまする」

質問に良衛は構えた。不意の来訪の目的が近づいたと感じた。

「たしかにそうだが……」

認めながらも、清往のまなざしは厳しいものに変わった。

「南蛮流の産科術、いや、はっきりと言おう。南蛮渡来の孕み術を、そなたは手に入れたであろう」

清往が良衛をにらむように見た。

「そのようなものは、知りませぬ」

事実であった。良衛は首を横に振った。

「隠すな。同じ幕府医師ではないか」

不意に清往の声が柔らかくなった。

「大奥を、いや、上様のご側室方を拝見する同僚であるぞ。術について隠し事をするな」

「…………」

良衛は黙った。

「どうだ。寄合医師に戻りたくはないか。格落ちしたままでは、奥医師になるわけにはいかぬぞ。愚昧が手を貸してやろう。奥医師の推挙があれば、寄合医師になるのはたやすい」

条件を清往が口にした。

「知らぬものはどうしようもございませぬ」

出世を求めていない良衛にとって、寄合医師への引きあげなど何の意味もない。

良衛は断った。

「慌てるな。今は、寄合医師だと言っておるだけ。いずれ奥医師にも推挙してくれる。ただ、いきなり御広敷番医師から奥医師への格上げは、前例がない。寄合医師で三年ほど辛抱せい。きっと愚昧が引き受けてくれる」

清往が猫なで声を出した。

「せっかくのお話でございますが……」

「奥医師になれば、すべてが変わるぞ」

拒もうとした良衛を遮って、清往が続けた。

「まず患者が増える。続いて、患者の質があがる」

「患者の質……」

その一言に良衛は引っかかった。

「そうじゃ。質が一つも二つもあがる。大名や豪商ばかりが来るのだ。そうなれば同じ施術でもらえる礼金が倍以上になる。名誉のうえに金も付いてくるのだぞ」

「…………」

得意げに言う清往に、良衛は黙った。

「患者が倍、礼金も倍。収入は四倍になるぞ」

清往がどうだと手を広げてみせた。

「お帰りを」

良衛はため息を吐いた。

「なんじゃと」

清往が驚いた。

「お帰り下されと申しました。患家の質を問うなど、医者のすることではございませぬ。病の前では、皆平等でござる」

「きさま、儂を奥医師とわかっての応答じゃな」

「はい」

怒気をあらわにした清往に、良衛は首肯した。

「幕府医師でおられなくすることもできるのだぞ」

「どうぞ」

「……御広敷番医師を首にすると言ったのをわかっておるのか」

あっさりとした良衛に清往が目を剝《む》いた。

「ですから、お好きにと申しました」

「…………」

もう一度やっていいと言った良衛に、清往が絶句した。

「もともと矢切家は百五十俵の御家人。幕府医師ではございませぬ。ただ、岳父の推しで表御番医師にしていただいただけ。御広敷番医師でなくなったとしても、もとに戻るだけでござる」

「そういえば、典薬頭《てんやくのかみ》どのの娘婿だったな」

清往が今思い出したと苦い顔をした。

「ご安心を。岳父になにも告げるつもりはございませぬ」

告げ口はしないと良衛は保証した。

「恩には着ぬ。奥医師は典薬頭でも解任できぬ」

将軍の侍医という身分は、かなり強固に守られている。

「それに典薬頭は一人ではない」

良衛の岳父典薬頭今大路兵部大輔ともう一人の半井出雲守《なからいいずものかみ》が、格を巡って争っているのは、奥医師ならば誰でも知っている。

「半井出雲守さまにご相談申しあげればよいことだ」

清住が今大路兵部大輔と敵対する半井出雲守に付くと宣言した。

「どうぞお気のすむように。ではお帰りを」

一門の端に連なる者として巻きこまれてはいるが、良衛にとってどうでもよいことであった。良衛はこれ以上清住の相手をしたくないと、出入り口を指さした。

「待て。急《せ》くな。ふむ、地位には興味がないか。ならば、率直に言う。いくら出せば、南蛮流孕み術を売ってくれる」

清住が金の話をした。

「見たところ、場末の町医者よりはましらしいが、それでも年に二百両は稼げまい」

「…………」

的確な推測に、良衛は口をつぐんだ。裕福な商家も患者にいるが、そのほとんどが日雇いや担ぎの行商人なのだ。謝礼なんぞ一分金ではなく銭で払うか、下手をすれば大根や味噌《みそ》、醤油《しょうゆ》などの現物のときもある。

家禄があるから飢えず、潰《つぶ》れずにやっているだけで、医者だけならとっくに夜逃げしている。治療に使う薬はただで仕入れられないのだ。

「やはりな……」

にやりと清往が口の端を吊《つ》りあげた。

「どうだ、百両……いや、ここは奥医師の度量を見せつけよう。二百両だそうではないか」

清往が指を二本立てた。

「………」

「一年の稼ぎだぞ。それも薬の仕入れ、従者の給金を考えずにすむ、純然たる儲《もう》けだ。経費を考えたら、三百両の収入に等しいはずだ」

「……お見事でございますな」

指を三本に増やした清往に、良衛はようやく応じた。

「では……」

喜色を浮かべた清往を、良衛が手で制した。

「医術よりも、よほど算勘術がお得意の様子。奥医師ではなく、勘定方《かんじょうかた》へお移りなされてはいかがか。勘定方の余得は、奥医師の比ではないと伺いまする」

良衛は痛烈な皮肉を浴びせた。

「な……なにを」

一瞬、良衛の言葉を理解できなかったのか、少しして清往が真っ赤になった。

「きさま、この儂を藪だと」

わなわな震えながら、清往が良衛を睨《にら》みつけた。

「藪とは申しておりませぬ。医術より得手がおありだと感心したまでで。なにせわたくしは学んで身につけるのが医術だと思っておりまする。ちなみに、わたくしは名古屋《なごや》玄医《げんい》先生、杉本忠恵《すぎもとちゆうけい》先生から教わりました。しかし、貴殿は違うようでござる。学ぶのではなく買い取る。手法が違いすぎ、これではわたくしの学んだものをお譲りできませぬ。たとえお話ししたとて、おわかりにはなりますまい」

「……わかって申しておるのだろうな」

痛罵《つうば》する良衛へ、清往が低い声を出した。

「重々」

良衛は腹を立てていた。産科医として御広敷番医師になった良衛に、なにか忠告あるいは助言を与えてくれるならまだしも、他人の成果をよこせと権高に言うだけで、なんの稔《みの》りもない。

良衛にしてみればこちらのつごうを聞きもせず、不意に来ただけでも邪魔なのに、長崎で学んできた医術を整理し、吾がものとする復習の大切なときを無駄に使わされているという状況が我慢できなかった。

「よくわかった。ふん」

くるりと清往が背を向けた。

「儂を敵にしたことがどういう結果を生むか、見ているがいい」

清往が捨てぜりふを残して去って行った。

「……奥医師ともあろう者が、このような下卑《げび》たまねをする」

一人になった良衛は唖然《あぜん》としていた。

「それほど将軍の跡継ぎという問題は大きい……」

あらためて良衛は、明日からの任に重みを感じた。

三

御広敷番医師も交代制であるが、将軍綱吉のお声掛かりということで、良衛は全日勤めとされた。

「上様から直接命じられた者が、非番など……ご信頼に背く行為である」

清往が強硬に主張、それに半井出雲守が同意した。

「長崎にまで遊学させてもらい、さらに加増までいただいたのだ。御広敷に住まいするくらいの心構えでないとな」

　半井出雲守が、今大路兵部大輔への足かせにしようと清往の相談に応じ、良衛の処遇を不利なものへと持っていこうとした。

「それは無理でございましょう。医者も人、休養なしでは緊張が持ちませぬぞ。それでなにかあったときは、連日勤め、休みなしを言い出された貴殿らの責任とさせてもらいますぞ」

「……むうう。ならば、宿直《とのい》は免除でよかろう」

　今大路兵部大輔の抵抗で、七つ口が閉まる夕刻までの勤務とはなったが、休みは認められなかった。

「なにをしでかした」

　勤務形態の決定を見た後、今大路兵部大輔が、良衛を他人目《ひとめ》のないところへと連れこんだ。

「田上は、儂にすり寄っていたのだぞ。それが、半井と手を組み、そなたを阻害するようなまねをしておる」

「申しわけなき仕儀ながら……」

　良衛が経緯《いきさつ》を語った。

「……そういうことか。そなたが上様のお声掛かりで大奥医師たる御広敷番医師になったことを危惧《きぐ》した田上が、秘術を吾がものにして、功績を立てようとした。金で秘術を買おうとするなど、あきれるしかないわ。理解せずに新しき手法をおこなえば、失敗するとわからぬか。そのていどの輩《やから》であったなら、吾がもとには不要じゃ」

今大路兵部大輔が大きく息を吐いた。

「休みなしにして、そなたの診療所を潰そうとしたのだろうな」

医師不在の診療所に来る患者はいない。しかも、良衛はつい先日帰って来たばかりなのだ。続けて不在とあれば、馴染《なじ》みの患者でも離れていきかねなかった。

「さすがに困りまする」

良衛も困惑していた。

患者がいない医者など、無用の長物の最たるものであった。

「任せよ。儂がなんとかしてやる。いや、これを利用して、半井出雲守に痛い目を見せてやろう。お伝の方さまの治療をしくじらせようとしたのだ。上様の耳に入ればただではすまぬ」

今大路兵部大輔がほくそ笑んだ。

「矢切よ。宿直はなくなったとはいえ、上様のご命で御広敷番医師となった事実は崩せぬぞ。少なくともお伝の方さまが懐妊なさるまで、休みは無理じゃ」

「朝の診療はあきらめまする」

釘を刺した今大路兵部大輔に、良衛はため息を吐いた。

御広敷番医師は、大奥のなかで急病人、あるいは怪我人が出たときに対応するのが仕事である。当番の日は朝から夕方まで、宿直番の日は夕方から翌朝まで詰め所にいなければならなかった。

「それでいい。そなたに求められているのは、大奥女中の怪我ではない」

「……それもどうかと思いまするが」

良衛はあくまでも外道医なのだ。産科は独学で学んだだけに近い。

「毎朝の診察だけで、昼からは下城できるようにしてやる。任せておけ。見ておれ、出雲守」

嬉々《きき》として今大路兵部大輔が離れていった。

御広敷は、中奥と大奥の間にある。御広敷番頭のもと将軍の日常生活と大奥の差配をおこなう。ただ、御広敷番医師は御広敷番頭の支配を受けず、若年寄の指示に従った。

御広敷番医師溜へ入った良衛へ若い医師が近づいた。

「中条《ちゅうじょう》先生。出戻って参りました」

良衛も笑顔で応じた。

若い医師は婦人科、産科を専門とする中条壱岐《いき》であった。外道担当の御広敷番医師として来た良衛と馬が合い、よく溜で話をした相手であった。

「寄合医師へご出世のうえ長崎遊学と聞いたときは、いささかうらやみましたぞ」

産科と言いながら、中条流は堕胎もする。それもあってか、まともな医者として扱ってもらえないことが多いと愚痴を言っていた中条壱岐が正直に告白した。

「残念ながら、格落ちさせられました。これからもよろしくおつきあいのほどを願いたく」

良衛は苦笑した。

「ところで……」

笑みを中条壱岐が消した。

「この度の御広敷への赴任は、かつての外道担当ではなく、産科医師としてだとの噂を耳にしましたがいかがなのでござる」

「お戻りでござるな」

中条壱岐が訊《き》いた。

「それが、何科というご指定がなく」

良衛は戸惑いを見せた。

綱吉が発したのは御広敷番医師としての辞令だけであった。通常は典薬頭から、何科をもって御広敷番医師に任ずると言われるのだが、今回の人事は将軍直々のものであったため、後から追いかけるわけにはいかなかった。それをすると典薬頭が将軍の任命をいじれることとなり、権威の問題に波及する。

なんとかして今大路兵部大輔を蹴落《けお》としたい半井出雲守でも、手出し、口出しができなかったのだろう。良衛は科の指定なく、御広敷番医師となった。

「それはまた、なんとも」

中条壱岐が同情した。

「……聞けば」

声を中条壱岐が潜めた。

「奥医師の田上先生ともめられたとか」

「……もう、知れておりまするか」

思いきり良衛は嫌な顔をした。

「ご注意なされたほうがよろしい」

中条壱岐がちらと溜に残っている他の医師を見た。

「あの御仁は、大奥女中たちを手なずけておられる」

「大奥女中を……どうやって」

良衛が怪訝《けげん》な顔をした。

大奥女中は、かしずくのが将軍だけというその特殊な環境もあるのか、非常に気位が高い。奥医師など雑用係のお城坊主《しろぼうず》に毛が生えたていどとしか思っていない。かつて御広敷番医師として、治療のため大奥へ何度も入った良衛も、その面倒臭さを十分に思い知らされていた。

「ものでございます」

「……ものとは」

中条壱岐の言葉に良衛は首をかしげた。

「さよう。城下の小間物、菓子などを大奥へ持ちこみ、配って歩いておられる」

外へ出られない大奥女中たちにとって、城下はあこがれの場所であった。

「薬箱の底に櫛《くし》や紅、菓子を忍ばせて大奥へ入り、これはと思う者たちに……」

産科の奥医師といえども薬は処方する。とはいえ、本道ほど種類を用意しなくてもすむ。当然、薬箱には余裕がでる。そこに清往は、通常の手段では手に入れることのできない小間物や菓子などを入れて大奥へ持ちこんでいると中条壱岐が教えた。

「賄賂《わいろ》代わりでござるか。なかなかの気遣い。大奥相手にはそのくらいせねば、奥医師にはなれませぬか」

良衛は感心した。

「まるで抜け荷でござるな」

「さよう」

長崎でよく似た話を見聞きしてきたばかりの良衛のたとえに、中条壱岐がうなずいた。

「よくそれをご存じでござるな」

大っぴらにできることではなかった。大奥へ入る物品は、七つ口を通り、御広敷番頭のあらためを受けなければならない。当たり前のことだが、清往がみずからそれを他人に話すとは思えなかった。

「愚昧にも同じことをしろと、大奥女中どもが要求して参りました。産科の薬箱には空きがあろうと」

頬を盛大にひきつらせながら、中条壱岐が答えた。

「なるほど」

　味を占めた者が、より強欲な手段に出るのは、いつの時代も同じであった。

「大奥女中だけでござるか」

　納得した良衛は、中条壱岐にもう一つ問うた。

「御広敷番医師たちには、なにも」

「…………」

　訊いた良衛に答えず、中条壱岐が沈黙した。

「あの御仁は、愚昧を将来奥医師へと推薦するとして、勧誘しようとなさった」

「やはり、そうでござったか」

　中条壱岐が首肯した。

「……よろしいのでござるか」

「わたくしには声もおかけになりませぬ。なにぶん、同じ女相手の科であるうえに、中条流は悪名も高《たこ》うござるが、名門。田上先生は、医者の家の出ではなく、苦労して奥医師になられたお方」

「名門への反発……」

　良衛は中条壱岐の説明で、理解をした。

中条流は、小太刀すべての祖と崇《あが》められる中条長秀《ながひで》の流れを汲《く》むとされている。剣術と医術を代々継承し、初代中条帯刀《たてわき》は豊臣秀吉《とよとみひでよし》の侍医にもなった。京《きょう》で代を重ねてきた和気《わけ》、丹波《たんば》の両氏ほどの歴史も官位もないが、それでも名門とされている。諸国に散った一門、弟子も多い。もっともその内の一部が堕胎という金儲《かねもう》けの方法を見つけ出したことで、悪名が拡がってしまった。

「拙者にはお気遣いなく。今までどおり、お話をさせていただきましょう」

中条壱岐が良衛の敵ではないと告げた。

「よしなに願う」

良衛は一人でも味方がいることに安堵《あんど》した。

二人が笑い合っているなか、医師溜の外から女の声がした。

「お医師どの」

「女坊主どのか。お入りあれ」

薬研《やげん》を使って材料を粉砕していた本道の御広敷番医師が入室の許可を出した。

「ごめんをくださいませ」

すっと襖《ふすま》が引き開けられ、廊下に頭を丸めた女坊主が座っていた。

女坊主は、大奥におけるお城坊主と同様の者であった。やはり僧形を取ることで、俗世を離れた者として扱われ、大奥から御広敷、中奥へと自在に行き来できた。

「矢切先生はどちらに」

「……向こうの襖際じゃ」

聞かれた御広敷番医師が不機嫌さを露《あら》わにしながら、顎をしゃくった。

「はい」

一礼した女坊主が、医師溜へ入った。

「矢切先生」

「愚昧に御用かの」

中条壱岐との会話を良衛は中断して応じた。

「お伝の方さまの、お召しでございまする」

「……お伝の方さまの」

「むっ……」

女坊主の用件に、良衛だけでなく御広敷番医師全部が驚いた。

「急ぎ、お出でくださいますよう」

「承知した。なにか用意したほうがよいものはござらぬか。お怪我とか、お痛みなどはどのようなな」

医者を招く。診察か治療に決まっている。となれば、十全の準備をしていかなければならない。良衛は状況を問うた。

「そのようなお話はございませぬ。ただ、参れとだけ」

女坊主が準備は要らないと告げた。

「……わかりましてござる」

そこまで言われてはしかたない。良衛は一応、持ちこんでいる手術道具、常備している薬剤を入れた薬箱を手に立ちあがった。

「お気を付けあれ」

その背中に中条壱岐が先ほどの話を忘れるなと警告した。

四

七つ口以外にも御広敷番医師は大奥へ入る手段を持っていた。

下《しも》の御錠口《おじょうぐち》と呼ばれる、中臈《ちゅうろう》など大奥の上級女中が御広敷番頭と話をするために出てくるための出入り口も御広敷番医師は使用できた。

基本、御広敷番医師は七つ口を経由する。よほどの急患あるいは身分ある女中からの呼び出しのときだけ、下の御錠口を通行できる。

「御広敷番医師矢切良衛どの、お伝の方さまのお召しで大奥へ通りまする」

女坊主が下の御錠口前で大声をあげた。

「承って候」

大奥下の御錠口番の女中が応じ、分厚い杉戸が、なかから開かれた。

「こちらへ」

女坊主が先に立った。

お伝の方は、大奥で御台所に次ぐ権を持つ。その呼び出しとあれば、御錠口番ていどの女中が止められるものではなかった。

大奥の廊下は長い。下の御錠口を入ってすぐは、大奥との折衝をおこなう役人たちを応接する座敷であった。格式によって使用できる座敷が違うため、複数並んでいる。それをこえると、大奥女中で最下位の雑用係、お末《すえ》と呼ばれる目見え以下の女中たちが寝泊まりする長局《ながつぼね》が延々と続く。数えるのも嫌になるくらいの長局を過ぎ、廊下を突き当たれば、ようやく己の局を与えられている中臈以上の住居になる。

お伝の方の館はその最奥にあった。

「御広敷番医師を召し連れましてございまする」

畳を敷き詰めた廊下で、女坊主が両手をついた。

「矢切良衛、お召しにより参上つかまつりましてございまする」

女坊主の後ろで良衛も平伏した。

「お待ちである」

長局の襖が開き、大奥女中が顔を出した。

「いきなり上の間へ参るな。次の間でご指示あるまで控えよ」

呼んだとはいえ、男に勝手をさせるわけにはいかない。局を預かる女中が良衛に指示した。

「承知」

医者とはいえ、こんな奥まで若い男が入ることは滅多にない。局の女中たちが好奇の目で見守るなか、良衛は次の間まで進んだ。

「お伝の方さまである。控えよ」

部屋付きの中臈が、上の間の襖に手をかけた。

「ははっ」

良衛は額を畳に押しつけた。

「大儀である。面を上げてよい」

「畏れいりまする」

許しを得て、良衛は顔を上げ、お伝の方を見あげた。

十三歳で館林《たてばやし》藩主だった綱吉の目にとまり、十九歳で鶴姫《つるひめ》、二十一歳で徳松《とくまつ》を産んだお伝の方は、今年で二十八歳になる。

だが、その天上のものとまでいわれた美貌《びぼう》は、いっさいの衰えを見せていなかった。それどころかふたたび母となれるかも知れないとの期待が、お伝の方の女を旺盛にしたのか、より輝いていた。

「遠く長崎までご苦労であったな」

まず、お伝の方が良衛をねぎらった。

もともと良衛の長崎行きは、お伝の方がなんとしてでももう一度綱吉の子を孕むため、南蛮に伝わる懐妊術を調べさせようと画策したものであった。

「いいえ。おかげさまをもちまして、貴重な体験をいたすことができました。厚く御礼を申しあげまする」

途中で打ち切られた恨みを口にするわけにはいかなかった。また収穫がなかったわけでもない。良衛は礼を言上した。

「そうか。長崎はどのようなところであったかの」

お伝の方が土産話をせがんだ。

「長崎は海以外、山しかございませぬ。狭い谷間《たにあい》に家がひしめき合っておりまして……」

求められては拒むことはできない。無駄話に近いと思いながらも、良衛は長崎の町並みから説明を始めた。

「……食べものは砂糖が江戸に比べるとただのような値段で取引されていることもあり、ふんだんに使うゆえ、甘うございまする」

「甘みが豊富か」

「まあ」

身分ある女中とはいえ、甘いものには目がない。お伝の方が身を乗り出し、側に居た中臈たちも歓声をあげた。

「甘い煮魚は、いささか衝撃でございました」

引田屋《ひきたや》で出された卓袱《しっぽく》料理の一品を良衛は思い出していた。

「煮魚が甘い……それはどうかの」

想像したのか、お伝の方が眉《まゆ》をひそめた。

江戸は天下の城下町で繁華だが、砂糖はかなり高価であった。白砂糖にいたっては、漢方の高貴薬として使われるほど珍重されている。

白砂糖が出島《でじま》オランダ商館から献上されているおかげで、江戸城台所では日常のように使用されている。とはいえ、蒸し菓子や練り菓子、干菓子などの甘みとして使われるだけで、料理にはまず使わない。

「最初は閉口いたしましたが、慣れるとなかなかにうまいと思えるものでございまする」

良衛が笑いながら述べた。

「慣れるものか」

「人は慣れるものでございまする。長崎奉行所の役人などは、江戸から長崎へ何年と赴任いたしまする。長崎の甘みに慣れた舌では江戸の料理は辛うございましょう」

長崎奉行は一年交替だが、奉行所の与力、同心は転属を命じられるか、隠居するまで長崎暮らしになる。甘みの強い長崎の味付けに馴染んだのち、江戸へ帰るのはなかなかに辛《つら》いものになるだろうと良衛は首を左右に振った。

「……異人はどんなものじゃ」

お伝の方がさらに尋ねた。

オランダ商館長は交易船の来ない春に江戸へ出府、将軍へ目通りした。とはいえ、一度だけ江戸城へ登城、大広間広縁にて将軍家拝謁の儀式をおこなう。残念ながら、表御殿にしか立ち入らないため、大奥女中たちがオランダ人を見る機会はなかった。

「なんといっても大男でございまする。皆六尺（約百八十センチメートル）をこえておりました」

「六尺とは、見あげるほどじゃ」

お伝の方が驚いた。

綱吉が小柄だったこともあり、愛妾《あいしょう》たちも皆、背が低い。お伝の方は、四尺と少し（約百三十センチメートル）しかない。

「髪は黄色やら、赤やら、黒やらの総髪で……」

「鬼のようじゃな」

聞き終わったお伝の方が震えた。

「その異人から、手に入れられたのか」

ようやくお伝の方が本題に入った。

「…………」

良衛は口をつぐんだ。

「……ああ。安心してよい」

すぐにお伝の方が理解した。

「ここにおる者は、すべて妾《わらわ》の信頼を得ておる」

お伝の方が保証した。

「それにの、もし、ここでの話を外へ漏らしたら……」

ゆっくりとお伝の方が、そこにいる女中たちを見回した。

「妾は咎めぬ。よく尽くしてくれておるからな。ただ、その旨を上様にお伝えするだけ」

「……………」

お伝の方の口から出された一言に、女中たちが震えた。

寵姫《ちょうき》を裏切った。それを知った綱吉が、どのような報復に出るか。考えるまでもなかった。己の放逐、実家の改易は確定、その後の生活にも大いなる足かせがはまる。将軍ににらまれた女とその一族を抱えようなどという者はいない。身売りするといったところで、まず吉原《よしわら》は断る。大門《おおもん》のなかは世間ではない、世俗の権は吉原では通じないなどという建前は、将軍の怒りを前にすれば、薄紙よりも簡単に破られる。

よくて岡《おか》場所、下手をすれば江戸を逃げ出した先で宿場女郎に身を沈めるしかなくなる。

「ちょっとした金やもので、生涯どころか、子々孫々までの生活を売り払う愚か者はここにおらぬ。気にせず、語れ」

お伝の方が、良衛を促した。

「ご無礼をいたしましてございまする」

良衛はお伝の方だけでなく、他の女中にも頭を下げた。疑ったことを詫《わ》びたのだ。

「あいにく和蘭陀《オランダ》商館に南蛮医師はおりませんでした」

「なんじゃと……」

告げた良衛にお伝の方が目を剝《む》いた。

「では、なんの成果もなく、おめおめと江戸へ戻って参ったのかえ」

疑われた恨みがあったのか、中臈の一人が良衛を糾弾した。

「いえ」

強く良衛は否定した。そうしなければ、裏切った女中に科せられる運命が、吾が身に降りかかってくることになる。

「和蘭陀商館秘蔵、今まで本朝の医師の誰も閲覧しておらぬ秘伝の医学書を読破して参りましてございまする」

偽りではなかった。

長崎へ遊学した幕府医師の誰もオランダ商館長の蔵書に目を向けなかったのは確かであり、商館長も寝室に近い蔵書室へ他人を招き入れなかっただけなのだが、言い方一つで、意味合いは変わる。

「秘伝書か。それはでかしたぞ、矢切」

お伝の方が喰《く》いついた。

「和蘭陀の言葉で記された書物を、愚昧は繙《ひもと》きましてございまする」

有り難みを増すように、良衛は苦労を表に出した。

すでに良衛は治療に入っていた。話にもったいを付けるのも治療であった。

人というのは、ありがたみがあるか、ないかでずいぶんと感じ方が変わる。

これは滅多に手に入らないものですと言われれば、その希少性に値打ちを認めてしまう。逆に、どこにでもあるものだと、その価値を低く見積もる。

当たり前だが、値打ちを認めたもののほうが、ありがたみが増す。そしてその希少価値との錯覚が、身体の癒《いや》しに大きな影響を及ぼす。

「貴重な薬だ。よく効く代わりに、絶対飲み過ぎるな。決められた量を決められたときに摂取すること」

条件を付けて出した薬と、

「飲みたければ飲めばいい」

制限を設けず、雑に渡した薬。

同じ薬だったとして、どちらが効果を出すか。当然、前者になる。

良衛は、お伝の方の求めをわかったうえで、言葉の治療を開始した。

「まちがいなく、本朝でこのやり方を知っている者は、愚昧だけでございまする。お方さまにも愚昧の方針に従っていただかねば、効果は保証できませぬ」

良衛が断言した。

「……わかった」

前提をお伝の方が了承した。

「お方さま」

声を一層重くした良衛が続けた。

「まず、身体を温めねばなりませぬ」

「温めるのじゃな。部屋に火鉢を入れればよいのか」

お伝の方が確認した。

「締め切った部屋で炭を焚《た》き続けるのはよろしくございませぬ。火はできるだけお使いになられぬがよろしいかと」

「では、どうするのだ」

「厚着をする。長めに入浴する。温石《おんじゃく》を使うなど」

「ふむふむ。八重坂《やえさか》、書き留めておけ」

側近くにいる中臈に、お伝の方が命じた。

「すでに」

寵姫の側近に選ばれるだけある。八重坂と呼ばれた中臈が筆を手にしていた。

「今、お話ししたのは外から身体を温める方法でございまする」

「だろうの。これくらいなら、妾でも知っている。女《おなご》は腰を冷やしてはならぬと古くから言われておるでな」

お伝の方が告げた。

「あとは身体をなかから温める方法でございまする」

「なかから温める。熱い茶でも飲むか」

良衛の言葉に、お伝の方が応じた。

「それでは胃の腑《ふ》があたたまるていどでございまする。たしかに冷たい水を召されるよりは、はるかにましでございますが」

もともと身分ある者は、生水を口にしない。せいぜいうがいに使うくらいで、水あたりを警戒して一度沸かしてから飲む。まず大丈夫だとは思っていたが、万一を考えて良衛は、生水の摂取はしないでくれと言外に含めた。

「ふむ。水にも気を遣えばよいのだな」

大奥で確たる地位を築くには、将軍の寵愛《ちょうあい》だけでは足りなかった。機微や言葉の裏に隠された真意を見抜けないようでは、女たちのなかで頭角を現すことなどはできない。その両方を持つからこそ、お伝の方は御台所に匹敵する力を大奥で有するにいたった。

「お願いいたしまする。うちから身体を温める薬は、わたくしが調合いたして参りまする」

良衛はお伝の方に告げた。

「そなたが用意するのだな」

「はい。これは秘伝でございますれば」

確認された良衛は、他人に見せられるものではないと応じた。

「お方さま」

同席していた中臈が割りこんだ。

「なんじゃ、津島《つしま》」

年嵩《としかさ》の中臈にお伝の方が発言を許した。

「そのような怪しいものをお方さまに服していただくなど、とんでもないことでございまする」

津島が良衛をにらんだ。

「……」

良衛は黙った。もともとそんなものはない。単に血行をよくし、体温の低下を防ぐ効能の薬剤を適当に創りあげるだけでしかないのだ。ここで津島の忠告をお伝の方が受け入れてくれれば、話はそれまでになり、良衛はこの気の重さから逃れられる。

「毒味を重ねればよかろう。のう、矢切。子を欲しがらぬ女にとっても毒になるようなものではないのであろう」

お伝の方が尋ねた。

「もちろんでございまする。多少、汗などを搔《か》きやすくはなりましょうが、身体《しんたい》に害はいっさいありませぬ」

はっきりと良衛は断言した。ここで、お伝の方以外には効果がないとか、場合によってはよくないときもあるなどと言うわけにはいかなかった。

幕府医師の出す薬といえども、将軍一門はかならず毒味をした。戦国のころ、敵武将のお抱え医師を買収し、毒を盛らせるという策が当たり前のように使われていたからだ。

綱吉の子を二人産んだことで、お伝の方も一門格となっている。当然、良衛の出す薬も毒味をされた。

毒味は、主人の安全をはかるためのものである。毒味係が良衛の出した薬を服用し、しばらくの間様子を見る。これで異状がなければ、毒味のすんだ薬がお伝の方へもたらされる。

毒味係はいわば主人の身代わりなのだ。毒味をすませたものを主人が服して、なにかあったならば、毒味係も無事ではすまなかった。

「なにをしていた」

まず手抜きを責められ、

「金で買われたか」

続いて買収を疑われる。

もともと毒味役に選ばれるだけに、信頼は厚い。だからこそ万一のときの追及は厳しい。それこそ、拷問まがいの取り調べがおこなわれ、わずかな疑義でもあれば処断される。また、潔白が確かめられても、毒に反応しなかったということで不適格となり解任された。

それだけに毒味役は敏感になる。毒味しているものが薬だというだけで、毒味役は緊張する。過敏になれば、わずかな刺激にも反応してしまう。

「……これは」

そう毒味役が口にするだけで、良衛に疑いの目が向く。それを避けるには、あらかじめ身体に悪いものはないと表明し、毒味役の不安を少しでもぬぐい去っておくべきであった。

「津島、これでよいか」

「……出過ぎたまねをいたしました」

主が認めてしまえば、それ以上は吾が身に返ってくる。

「そなたは、妾が上様のお子を授かろうと励むことが気に入らぬのか」

言い過ぎて主から睨まれれば、側近とはいえ運命はきわまる。

津島が引いたのも当然であった。

「いつできる。明日か、明後日《あさって》か」

お伝の方が急かした。

「揃えなければならぬ材料もございますれば、今少しときをいただきたく」

良衛は猶予を求めた。

「やむを得ぬの。できるだけ急ぎや」

渋々ながらお伝の方が認めた。

「……おい」

お伝の方が、八重坂に合図を送った。

「はい」

うなずいた八重坂が上の間の奥、化粧の間と呼ばれる小部屋へと入っていった。

「なにかございますので」

良衛は怪訝な顔をした。

「…………」

無言でお伝の方が良衛を見つめた。

「…………」

良衛も黙って待った。

「お方さま」

戻って来た八重坂が良衛の前に食事の残りらしきものを差し出した。

「これは……」

良衛はお伝の方を見た。

「しばし、待て」

お伝の方が良衛を制し、腹心たちに目配せをした。

「はい」

腹心たちが八重坂を残し、上の間を出た。

「……よかろう」

女中たちが出ていった襖が閉じられたのを確認して、お伝の方がうなずいた。

「このなかになにか薬が盛られておらぬか」

「毒味役に異状は見られぬのでございますな」

「ない」

はっきりとお伝の方が否定した。

「それでいて、お方さまにはお気に障る」

なにか疑問を感じているからこその、行動だろうと良衛は理解した。

「そうじゃ。妾は神田の館におったころ、上様のお胤を二度も宿せた。それが、大奥へ入って以来、まったく気配さえもない。これはおかしいであろう」

　お伝の方が良衛に同意を求めた。

「妊娠には、いろいろな条件が要りまする。住む場所が変わるだけでも影響を受けるとか」

　良衛は医学の常識を口にした。

「神田の館から大奥へ移ったのが悪いと申すかっ」

　大奥は女のあこがれである。お伝の方が目を吊りあげた。

「いえ、そういうわけではございませぬ」

　あわてて良衛は否定した。寵姫を怒らせたら、綱吉の機嫌を損ねてしまう。

「ではそなた、上様が神田の館から本丸へ移られたのが気に入らぬとでも」

「とんでもないことでございまする」

　強く、何度も良衛は首を左右に振った。綱吉の将軍就任に文句をつけたと言われれば、身の破滅であった。

「ただ、女性《にょしょう》の身体は、複雑で弱いもの。わずかなことで変化いたしまする。それを申しあげたかっただけでございまする」

　良衛は必死に言いわけをした。

「……」

「調べさせていただきまする」

まだ睨みつけているお伝の方から、良衛は目を逸《そ》らして食事へと注意を向けた。

「……二汁五菜でございますな。魚もあり、菜の種類も豊富。なかなかによい献立かと」

良衛は食事の内容を認めた。

「昨日の夕餉《ゆうげ》のものだ」

黙ったお伝の方に代わって、八重坂が応じた。

「確かめさせていただいても」

良衛が試食してもよいかと問うた。

「お方さま」

「……うむ」

八重坂に促されたお伝の方が首肯した。

「では……」

良衛は一礼して、食事に手をつけた。

「臭いは……」

一つ一つ臭《か》いを嗅ぎ、続いて一箸《はし》ずつ口に含む。

「……どうじゃ」

ぐいとお伝の方が身を乗り出した。

「……………」

ゆっくりと良衛は味を確認した。

大奥の、しかも将軍寵姫の料理はていねいに作られている。材料も吟味され、作るのも家業として包丁《ほうちょう》を扱う台所役人が担当する。

「どうじゃと聞いておる」

ときをかけて吟味している良衛へ、お伝の方が重ねて問うた。

「……毒味役に異状がでないのも当然でございましょう」

良衛は口を開いた。

「説明いたせ」

八重坂が要求した。

「すぐに体調へ影響を及ぼすようなものは含まれておりませぬ」

「では、毒はないと」

「ないとは申せませぬ」

反応した八重坂に、良衛は首を横に振った。

「毒には二種類ございまする。微量でも即座に効果を発するものと、そのときには変化を見せぬものでございまする」

良衛は話し始めた。

「効かぬ毒もあると」

「いいえ。効かぬわけではございませぬ。一度や二度摂《と》っただけでは、なんの効果も現しませぬが、毎日続けているうちに体毒となり、やがて命を奪うもの。それと目に見えぬ効果が出るもの。今回の場合は、お伝の方さまに感じられぬことが肝心。それでいて子をなすのを阻害する。いや、子をなせなくする以外は、まったくなんの効果も出さないのが目的でございまする」

「……そういう毒もあるか」

お伝の方が苦い顔をした。

「お方さま、毒味の女中は同じでございましょうや」

「ここ二年は替わっておらぬはずじゃ」

質問に八重坂が答えた。

「よろしければ、そのお女中を拝見いたしたく」

診察をしたいと良衛は願った。

「かまわぬ」

お伝の方が認めた。

「呼んで参りましょう」

八重坂が、すっと腰を上げ、すぐに一人の若い女中を連れて戻って来た。

「毒味役の蓮《れん》じゃ」

「お呼びでございましょうか」

紹介された蓮が手を突いた。

「この医師の診立てを受けよ」

お伝の方が良衛を指さした。

「畏れながら、わたくしは病ではございませぬ」

蓮が驚いて拒んだ。

「そなたが病かどうかではない。調べねばならぬゆえ、命じておる。黙って従え」

「……はい」

主に言われてはしかたがない。蓮がうなずいた。

「御広敷番医師矢切良衛でござる。なにも大したことはいたしませぬゆえ、気を楽にお持ちあれ」

安心させるように語りかけながら、良衛は蓮に近づいた。

「まずは脈を拝見」

良衛は蓮の左手を握り、その手首に指先を揃えてあてた。

「……落ち着いて」

なにをされるかと不安なのか、蓮の脈は早かった。

「ゆっくり息を吸って、細く吐いて。もう一度」

良衛は蓮の緊張をほぐすため、呼吸法を繰り返させた。

「けっこうでござる」

指示通りできていると蓮を褒めながら、良衛は脈を感じ続けた。

「まだいささか早いようではございますが、乱れはございませせぬ」

良衛は蓮の手を放した。

「男に手を握られておるのだ。当然じゃ」

八重坂が苦い顔をした。

「はあ……」

医者を男と言われても困る。良衛はなんともいえない顔をした。

「次は舌を出していただきたく」

「…………」

顔を真っ赤にして蓮がうつむいた。

「たかが医師に診させるだけぞ。さっさとせい」

お伝の方が苛立《いらだ》った。

「申しわけございませぬ」

蓮が平伏《ひれふ》して詫びた。

「……色はよし。苔《こけ》もなく、表面も荒れておりませぬ」

すばやく良衛は診察した。

「あとは、乳房と乳首に張りなどはございませぬか」

「ありませぬ」

蓮が強く否定した。

「脱いで見せよ。矢切、そなたも実際に確認せぬか」

話だけで終わらせようとした良衛をお伝の方が叱った。

「……はい」

先ほど怒られたばかりの蓮が胸元を寛《くつろ》がせ、さっさと左の乳房を出した。

「ごめん」

良衛はじっくりと見回したうえで、乳房に触れた。

「異状はござらぬな。お女中、月のものはいつすんでござる」

「十日前に」

開き直ったのか、蓮があっさりと答えた。

「密《ひそ》か所を見せていただいても」

「それは……」

さすがに蓮が渋った。

「何度も言わすな」

お伝の方が強い語調になった。

「…………」

泣きそうな顔になりながら、蓮が立て膝《ひざ》になった。

「もう少し、灯《あか》りのほうへ」

良衛も覚悟を決めて、観察した。

「ご苦労でござった。もう、結構でござる」

これで終わりだと良衛は蓮を解放した。

「下がってよい。八重坂、宥《なだ》めてやれ」

恥ずかしい思いをした蓮を、お伝の方が気遣った。

「はい」

逃げるように出ていった蓮の後を八重坂が追った。

「どうであった。なにか見つけられたか」

お伝の方が診断を問うた。

「あからさまな異状は見られませぬ」

良衛は首を左右に振った。

「情けなきよな」

咎めるような目をお伝の方が良衛へ向けた。

「あのお女中とお方さまの月の障りの周期をできるだけ詳細にお調べいただけませぬか」

良衛は妊娠にかかわりの強い体調の波を調べたいと願った。

「妾の記録は奥医師が持っておる」

お伝の方がすげなく言った。

「……お女中だけでも」

清往とは敵対している。とても記録は見せてもらえない。かといって、奥医師との軋轢《あつれき》を口にするのは患者の信頼を受けるうえで邪魔にしかならない。良衛はお伝の方の記録をさかのぼるのをあきらめた。

「毒味役の月の障りまでは記録しておらぬ」

「……では、今後はお願いをいたしまする。いつから始まり、いつ終わったか。熱などでたかどうか、出血の多寡も」

細かい情報を良衛は求めた。

「月のものは大事なことじゃ。わかった。津島、そなたがいたせ」

お伝の方が津島に命じた。

「はい」

「では、本日はこれで。次は薬ができ次第に参りまする」

津島が首肯したのを確認して、良衛はお伝の方の館を後にした。

第三章　秘術争奪

一

半井出雲守《なからいいずものかみ》が不機嫌な顔で屋敷へと戻って来た。典薬頭《てんやくのかみ》の半井家は今大路《いまおおじ》家よりも多い家禄《かろく》一千五百石を食《は》み、屋敷も一回り大きい。長く朝廷の侍医を続けてきた本道の名門和気《わけ》氏の流れを汲《く》むだけに、半井出雲守の矜持《きょうじ》は高い。

半井出雲守からしてみれば、今大路兵部大輔《ひょうぶだゆう》など一枚下でしかない。その今大路兵部大輔が同格の典薬頭であることが許せなかった。

ましてや、その今大路兵部大輔に論破されるなど、屈辱以外のなにものでもなかった。

「上様より直接御広敷番医師《おひろしきばん》を託されたのだ。その名誉を思えば、身を粉にして任に当たるべきであろう。休みなど論外じゃ」

今大路兵部大輔の娘婿矢切良衛《やきりりようえい》を攻略の手がかりにするため難題を押しつけようとしたのに対し、

「一人の医師に連日勤めを命じるなど、その者の負担を考えられよ」

臆《おく》することなく反論しただけでなく、今大路兵部大輔は半井出雲守の失言を突いた。

「医者とはいえ、人でござる。休みなく緊張を続ければ疲れもたまる。その状態で、上様のご寵愛《ちようあい》深きご側室方を拝診するのは、かえって不敬。そうではないかの、出雲守どの」

「上様のご親任に応じるには、それくらいできて当然じゃ」

「なにかあったときの責めは、連日勤めを命じた貴殿が負われるのであろうな。ならば、わたくしはこれ以上なにも申しませぬ」

まだ反論し続ける半井出雲守に今大路兵部大輔が冷たい声を出した。

「なにを言うか。矢切は、おぬしの娘婿であろう。矢切の失策は、身内であるおぬしが取るべきぞ」

半井出雲守が責任を今大路兵部大輔へ押しつけた。

「そのときになって、上様にご判断いただきましょう。わたくしは先ほどの疲れを原因と言い立てるだけ」

「宿直《とのい》は免除したではないか。夕刻に屋敷に帰れば、十分休息と研鑽《けんさん》の暇はあろう」

半井出雲守が折れた。

「では、それで」

こうして一度話は付いたはずであった。

それを今大路兵部大輔が蒸し返してきた。

「連日勤務は余りに酷でござろう。他の御広敷番医師が、当番、宿直番、非番を繰り返しているというに、一人当番を続けるというのは、他との折り合いが付きますまい」

「先日、それでよいと申したではないか」

すんだ話だと半井出雲守が言い返した。

「患家はどうなさる」

幕府医師には開業が認められている。休みなしの勤務となれば、夜に患者を診るしかできなくなる。なにせ、下城が七つ（午後四時ごろ）以降なのだ。良衛が屋敷に戻れるのはほぼ暮れ七つ半（午後五時ごろ）になる。灯りに使う油代に困る庶民は暮れ六つ（午後六時ごろ）を過ぎると寝てしまう。七つ半に帰っていては、診療は半刻《とき》（約一時間）しかできない。きっちりと診察治療すれば、一刻で五人も診られない。そして往診ができなくなる。

「診療は幕府医師にとって余技じゃ。そのようなことを考えてはならぬ。上様からご親任された名誉に比べれば、患家のことなど一考に値せぬ」

半井出雲守が建前を口にした。

「ほう。ならば、典薬頭を親任された我らも全日登城せねばなりませぬな。だけではない。ご執政はもとより、大番頭どの、小姓頭どのらも。どれ、その旨、貴殿のお名前で奏上して参ろう」

「ま、待て。兵部大輔」

立ちあがりかけた今大路兵部大輔を、あわてて半井出雲守が止めた。

「論のすり替えじゃ」

「どちらが。上様のご諚《じょう》を盾に無理を命じておるのは、おぬしであろう。出雲守さまよ」

呼び捨てされた嫌がらせに、今大路兵部大輔がわざと敬称を強く言った。

「…………」

「沈黙は肯定ととりますぞ」

「そ、そのような奏上は分不相応だ。我らは政《まつりごと》にかかわってはならぬ。それが医師である」

半井出雲守が逃げの論を展開した。

「出しゃばるなと、わたくしもなんらかの咎《とが》めは受けましょうな」

今大路兵部大輔が淡々と告げた。

「下手をすれば、典薬頭の役を奪われるぞ」

「医者として扱われぬ典薬頭に意味などございますまい」

脅すように言った半井出雲守に、今大路兵部大輔が首を左右に振った。

典薬頭は徳川家康《とくがわいえやす》が天下を取り、江戸《えど》に幕府を開いたとき、京《きょう》に居た名医たちを多く勧誘し、旗本とした。名医を囲い込むことで代々の将軍を保護しようと考えたのだ。

だが、同時に代々の家柄はかならずしも名医であり続けるとはかぎらないと知っていた。名門の家に生まれた子供は、どうしても甘やかされる。ひ弱な二代目、三代目は苦労してきた先祖に及ばない。名門公家《くげ》の没落、守護大名の滅亡を見てきた家康はそれをよく知っていた。それでも家康が名門医師を抱えこんだのは、代々蓄積してきた経験と資料を重視したからであった。

今大路と半井は幕府医師のいわば書庫であった。

書庫に実際の治療は任せられない。

患者というのは、手本通りにいかないものであった。同じ病でも、男と女、年寄りと若年、肥満と痩《や》せ型で症状も治療法も変わる。出す薬の量も違う。

患者ごとの差を見抜き、しっかりと対応できるのは、経験を積んだ医師だけである。名門の息子として、多くの弟子たちに傅《かしず》かれ、形だけの診療をしてきた者には無理だと家康はわかっていた。

結果、典薬頭は医師の触れ頭、薬草園の管理者とされた。

「違いますかの、出雲守どの」

「……違う。当家は和気氏の流れを汲む医術の宗家である。いずれ、御上も半井こそ実力を持った名門医師、天下に比類なき名医だと気づかれよう」

半井出雲守が抵抗した。

「医者に無理をさせて、患家を危険にさらす名医……」

「……うっ」

鼻先で笑った今大路兵部大輔に、半井出雲守が詰まった。

「話し合いで終わらせたかったのでござるが残念。幸い、柳沢《やなぎさわ》どのとは面識がござる。お目にかかって来るとしよう」

今大路兵部大輔が寵臣の名前を出した。

柳沢吉保《よしやす》は小納戸頭でしかなく、従《じゅ》五位の典薬頭よりも格下になる。しかし、将軍寵臣は、その格を無視できる力を持つ。

今大路兵部大輔は、柳沢吉保への敬意を言葉で表した。

「柳沢……小納戸頭の」

さっと半井出雲守の顔色がなくなった。

大老堀田筑前守正俊《ほったちくぜんのかみまさとし》亡き後、綱吉《つなよし》の信頼を一身に集めているのが、柳沢吉保である。その柳沢吉保へ話をする。これは綱吉の耳に入ると同義であった。

「わかった。矢切の常勤を取り消す」

半井出雲守が折れた。

「結構でござる。医者は患家を診ていくらでござるからの」

連日勤めでは、自宅での開業はできなくなる。主たる収入を奪われては、食べていけなくなる。

いわば良衛の連日勤めは、半井出雲守による兵糧攻めであった。それを今大路兵部大輔によって凌《しの》がれた。

「小癪《こしゃく》な」

二度もやり込められた半井出雲守の機嫌は悪かった。

今大路兵部大輔と同様、半井出雲守も屋敷で医術の私塾を開いている。その関係上、どうしても人の出入りが多く、大門は夜明けから日暮れまで開かれたままとなっていた。

「お帰りでございまする」

供先の家士が大声で当主の帰宅を報《しら》せた。

「先生のお戻りじゃ」

大わらわで弟子たちが、修業年限の長さ順に玄関から表門まで並んで出迎えた。

「お帰りなさいませ」

駕籠《かご》を降りた半井出雲守へ、二十人をこえる弟子たちが揃って頭を下げた。

「……うむ」

その光景に少しだけ、半井出雲守の機嫌が良くなった。

「先生」

満足げに御殿へ入ろうとした半井出雲守の背中へと声がかけられた。

「これっ。無礼であろう」

表門からなかへ駆けこんできた男を、高弟が見つけ怒鳴りつけた。

「どいてくれ」

邪魔しようとする若い弟子を、突き飛ばして男が半井出雲守の側へ寄ろうとした。

「やめい。このお方を典薬頭、半井出雲守さまと知っての狼藉《ろうぜき》か……」

男を捕まえようと近づいた高弟が、止まった。

「おぬし、まさか」

高弟が目を大きくした。

「騒がしい。なんだ」

半井出雲守が、振り向いた。

「先生、ご無沙汰《ぶさた》をいたしております」

旅塵《りょじん》に薄汚れ、月代《さかやき》、髭《ひげ》なども手入れされていない男が、玄関土間に跪《ひざまず》いた。

「その声……吉沢《よしざわ》か」

じっと顔を見て、半井出雲守が確認した。

「はい。吉沢でございまする」

「そなた名古屋《なごや》へ行ったはずであろう」

半井出雲守が怪訝《けげん》な顔をした。

「先生のもとを離れがたく、戻って参りました」

吉沢竹之介《たけのすけ》が答えた。

「……臭うぞ。吉沢。身形《みなり》をまず整えよ。後ほど、目通りを許す」

半井出雲守が鼻をつまんだ。

吉沢を遠ざけた半井出雲守が、険しい顔をした。

「真田《さなだ》に預ける」

半井出雲守が弟子に用人を呼ぶようにと命じ、奥へと足を急がせた。

武家の着替えは男の家士が担う。家士を雇うほどの金がない貧乏御家人ならば、妻や母、姉妹などに手伝わせるときもあるが、一千五百石ともなれば、侍身分の家臣だけで十名をこえる。

「……殿」

小姓に小袖《こそで》を着せかけられている半井出雲守のもとへ、用人の真田が顔を出した。

「…………」

「吉沢のこと、申しわけございませぬ」

無言で睨《にら》みつける主《あるじ》に、用人が頭を下げた。

「もうよい。下がれ」

半井出雲守が小姓に手を振った。

「片付けておけと言ったはずだが」

半井出雲守が真田を責めた。

「江戸へ戻って来るなと申し付け、名古屋へ行かせました。まさか、ほとぼりもさめぬうちに舞い戻ってくるとは思いもよりませんでした」

真田が嘆息した。

「弟子に入った医者の屋敷から、秘薬を盗んで逃げ出す。どう考えても捕まれば死罪でございまする。ゆえに戻って来るはずはないと判断いたしました。が、思った以上に愚か者であったようで」

「片付けるとは、江戸へ二度と帰って来られぬようにするということだ。わかっていたはずだろう」

厳しく半井出雲守が真田を叱責《しっせき》した。

「…………」

殺せとの指示だと真田もわかってはいたが、そうそう簡単にできることではなかった。真田が口をつぐんだ。

「今さらそなたを責めたてても意味はない」

半井出雲守が苦い顔をした。用人は家政一切を取り仕切る。一時の感情で辞めさせてしまえば、いきなり困ることになる。半井出雲守が自制した。

「いかがいたしましょう」

真田が問うた。

「聞かずともわかろう。そなたに任せる。ただ、二度と儂《わし》にあやつの顔を見せるではない。そなたの責任で片付けよ。次はない」

「……かしこまりましてございまする」

家臣にとって主君の言葉は絶対である。真田が渋々ながらうなずいた。

「わかっておろうが、当家の名前が出るようなまねはするな」

「はい」

首肯して真田が下がっていった。

「なにをしておるのだ。まったく、吾《わ》が意を汲まぬ者ばかりではないか」

一人になった半井出雲守が憤懣《ふんまん》を露《あら》わにした。

「吉沢が矢切に見つけられてみよ、それこそ大騒動じゃ。今大路兵部大輔が大将首を獲《と》ったとばかりに責めたててこよう。そして、それに儂は抗《あらが》えぬ。典薬頭筆頭を狙っておる儂が、兵部大輔の下につくなど……耐えられぬ」

半井出雲守が苦く頬をゆがめた。

「……そういえば、吉沢が持ち出した秘薬はどこに仕舞ったかの」

ふと半井出雲守が思い出した。

「痛みを取り去る南蛮《なんばん》渡りの妙薬。激痛に呻《うめ》いていた女が、一服で安らかに眠りに就いたと言う」

半井出雲守が腰をあげた。

「薬品蔵の貴重薬箱に入れたはずだ。あればかりは弟子どもにも触らせられぬ。本朝にあとひとかたまりしかないもの。使いどころをまちがえなければ、半井こそ天下の名医と知らしめることができる」

吉沢に目通りを許したことなど放念して、半井出雲守が薬品蔵へと向かった。

二

風呂《ふろ》には入れても、髭剃《そ》り、月代をあたるまでは無理であった。吉沢は十分にくたびれた格好のままで、弟子たちが寝起きする長屋から母屋へと赴いた。

「来たか、吉沢」

「……真田さま」

母屋に入ったところで、吉沢は真田と顔を合わせた。

「こっちへ来い」

真田が、吉沢を誘《いざな》った。

「いえ、某《それがし》は、出雲守さまにお目通りを」

「……殿より、拙者が預けられた。そなたの身をな」

断ろうとする吉沢を、真田が冷たい目で見た。

「そ、そんな……直接、出雲守さまとお話を」

「黙れ。殿はお疲れじゃ。そなたごときのことで無理をしていただくわけにはいかぬ」

強い口調で真田が、吉沢を抑えつけた。

「なぜ、いきなり殿の前に現れた」

逃がさぬと真田が吉沢の右手首を摑《つか》んだ。

「さ、真田さま。手を放して……」

「儂は金を渡してそなたを名古屋へ落としたとき、江戸へ戻ってきてよくなれば、かならず迎えを出すと言ったはずだ」

懇願を真田は無視した。

「たしかに、たしかに」

摑まれた手首の痛みに、吉沢が泣きそうな顔をした。

「帰って来たわけを言え」

人気《ひとけ》のない座敷へ、吉沢を連れこんだ真田が詰問した。

「な、名古屋で矢切を見かけたのでございまする」

「名古屋で、矢切を……長崎《ながさき》へ行く途中で立ち寄ったな」

聞いた真田が、すぐに理解した。

「長崎へ矢切が行ったとあれば、二年は帰って参りますまい」

遊学はあるていどの期間となるのが通例であった。剣術だと十年をこえるのも珍しくはなく、学問だと二年、三年が普通とされていた。

「で」

先を真田が促した。

「さすれば、わたくしが江戸に戻っても、顔を合わすことはございませぬ。そこで、師のもとへ帰り、今一度修業をつけていただき免許状を下賜願おうと」

「…………」

なんとも甘い吉沢の考えに真田が黙った。

「名古屋の薬種商で、宝水《ほうすい》のことを聞きました。衰弱した患者をただの一服で安静にしてのける妙薬があれば、いかほどかと問うたところ……」

吉沢が声を潜めた。

「千両で買いたいと」

「……千両」

その金額に、真田も絶句した。

一両あれば庶民が一カ月生活できる。千両だと五十年は遊んでくらせた。

「それだけのものを、矢切のもとから奪い取ってきたのでございまする。些少《さしょう》の金ですまされては……」

吉沢が下卑《げび》た笑いを見せた。

「きさま、典薬頭さまを脅すつもりか」

真田が怒鳴った。

「とんでもないことでございます。わたくしは典薬頭さまのもとで修業を積もうと弟子入りし、そのご指示をもって矢切のもとへ入りこみ、ご命に応じて秘薬を手に入れて参りました」

「…………」

あからさまに功績を言い立てる吉沢に、真田が黙った。

「そのくせ、お約束いただいた半井流医術免許皆伝の証《あかし》はいただけず、どころか江戸から放逐されるありさま」

「名古屋で名の通った医者を紹介したであろうが」

文句を口にする吉沢に、真田が反論した。

「拙者は江戸の者でござる」

吉沢が不満を述べた。

「わかっておる。だからこそ、しばらく我慢せいと申したのだぞ」

真田が宥《なだ》めにかかった。

「典薬頭さまにお話を」

直接の面談を吉沢が求めた。

「それはならぬ」

真田が一言で拒んだ。

「なぜでございまする。弟子への復帰をお願いしたいだけでございまする」

「それができぬのだ」

しつように要求する吉沢に、真田が首を横に振った。

「ですから……」

「矢切が江戸に帰ってきた」

理由の説明を求めた吉沢に、真田が告げた。

「えっ……もう」

吉沢が啞然《あぜん》とした。

「二月《ふたつき》ほどでございましょう」

「ああ。だが、まちがいなく戻って来ておる。御広敷番医師に復帰した」

真田が教えた。

「わかったであろう。今、そなたが江戸で見つかるのはまずいのだ」

「また、江戸から離れろと言われるか」

吉沢が泣きそうな顔をした。

「いたしかたあるまい。見つかれば、そなたはまちがいなく死罪ぞ」

幕府は忠孝を基本としている。師匠と弟子は親子にたとえられるだけでなく、徒弟奉公という呼び方をすることからもわかるように、主従関係でもあった。

師匠のもとから貴重なものを盗んで逃げ出す。しかも、その師が幕府医師なのだ。さらに、将軍やその一門になにかあったときに処方されるかも知れない貴重な秘薬を奪い去った。これだけ重なれば、軽くて遠島、重ければ死罪になる。

「それだけではない。

真田が追加した。

「兄にまで迷惑が……」

吉沢の実家は御家人であった。弟の罪は兄にまで及ぶ。

「わかったであろう。もう、しばらく辛抱せい」

猫なで声を真田が出した。

「いつまででございましょう」

期限を切ってくれと吉沢が願った。

「それはわからぬ。相手のあることだ。だが、できるだけ早急に手を打つ。約束する」

真田が下手に出た。

「今度はどこに……」

紹介してもらった名古屋は、無断で逃げ出している。さすがに戻ることはできなかった。

「よいところを探してやる。しばし、江戸で身を隠してくれ。これを」

用意していた紙包みを真田が出した。

「二両ある。少ないと思うだろうが、これは江戸で潜んでいる間のもの。行き先が決まったならば、まとまったものを渡す」

「こちらに置いていただくわけには参りませぬか」

金を受け取らず、吉沢が頼んだ。

半井出雲守と良衛は敵対関係に近い。まず、良衛が半井出雲守の屋敷へ近づくとは思えなかった。

「誰に見られるかわからぬであろう。当家には弟子だけでなく、薬種商、患家など多くの者が出入りするのだぞ」

とんでもないと真田が拒否した。

「そなたと殿の関係が知られてみろ。殿まで罪は及ぶ。そうなれば、誰もそなたをかばいだてできぬ」

「……はい」

真田の説得に、吉沢がうつむいた。

「では、どこに……」

吉沢が真田に訊《き》いた。

「人に紛れるのがなによりじゃ。本所《ほんじょ》へ行け。本所の人入れ屋辰屋《たつや》を訪ねろ。真田から言われて、しばらく匿って欲しいとな」

真田が指示した。

本所は、江戸の海に近い湿地帯であった。天下の城下町江戸には、仕事を求めていろいろな人が集まってくる。人が集まれば、住むところがいる。食事を提供する仕組みがいる。かといって従来のままでは、とても急増する人口に対応ができない。そこで幕府は、江戸近郊の土地を急いで開発させた。本所は隅田川《すみだ》を渡れば、すぐという立地もあり、開発がとくに進められていた。

「なにかあったら、人を寄こせ。決して、そなたが直接来るなよ。あと、辰屋の指示には従え」

「わかりましてございまする」

厳しく言われた吉沢がうなずいた。

「日も落ちたようだ。では、行け。表から出るなよ。通用門を使え」

「……今夜だけでも泊めていただくわけには参りませぬので」

「一夜の油断が足を引っ張ることになるかも知れぬだろう。殿にご迷惑をかけてみよ。半井流の免許はもらえぬぞ」

すがる吉沢を真田が冷たく拒んだ。

「わかりましてございまする」

肩を落として吉沢が御殿勝手口から外へ出かけた。

「……そういえば、吉沢」

「なんでございましょう」

真田に呼び止められた吉沢が振り向いた。

「そなた矢切のもとにいたであろう。和蘭陀《オランダ》語はわかるのか」

「さほどではございませんが、それなりには。矢切では蘭書《らんしょ》を読まされましたので」

問うた真田に吉沢が答えた。

「……そうか。わかった。もうよい」

真田が吉沢を追い出した。

「……行ったか」

吉沢の姿が、闇のなかへ溶けていくのを確認した真田が嘆息した。

「いまどきの若い者は、辛抱がきかぬ。二年ほど名古屋におれば、あちらでの生活に馴染《なじ》んだろうに」

情けなさそうに真田が言った。

「しかし、今吉沢が戻って来たのは考えれば好機であったかも知れぬな」

真田が独りごちた。

「房総屋《ぼうそうや》の頼み事に使える。なにせ、秘術を話させるまで矢切を殺すわけにはいかぬし、それが本物かどうかわからねば困る。南蛮渡りの秘術とあれば、和蘭陀語がわからねば、真偽の判定ができぬ。それに吉沢が使える」

真田が一人でうなずいた。

「房総屋に手はずが整ったと報せて……辰屋に会わねばならぬな。本所、深川《ふかがわ》には、いくらでも後ろ暗い仕事を引き受ける者がおる」

開発が進む深川、本所には力仕事をする男が集まっている。男が増えれば、その相手をする遊女が入り、博打場《ばくち》も開かれる。

女と賭博《とばく》は金になる。となれば、その利権を握る親方が生まれ、大きな力を持つ。そして力の側には闇が拡がる。

「闇の仕事は死に近い。人足衆の取りまとめをしてきた老人でありながら、辰屋は本所の闇を担う親方だ。幸い、恩をくれてある。昔、まだ駆け出しだったころの怪我を治療費なしで診てやったという恩がな。それを返してもらうとするか」

真田が呟《つぶや》いた。

「房総屋に恩を売っておけば、後々生きてくるだろう。お露《つゆ》の方さまが和子《わこ》さまをお産みになれば、その功績は吾《われ》にある。旗本としておとり立てになることもありえる。そうすれば、殿と同格だ。たかが六十石でこき使われる立場から脱出できるかも知れぬ。和子さまの傅育《ふいく》役にでもしてもらえば、数千石はまちがいない。そうなれば……殿よりも格上」

口の端を真田がゆがめた。

「早速、両方に話を持っていかねば……」

真田が表情を真剣なものにした。

三

良衛は生姜《しょうが》、茴香《ういきょう》など身体によいものを処方し、そこに長崎で買い求めた白砂糖を加えた。

「白砂糖は光を受けて輝いてくれる。料理をしない大奥の女中たちは砂糖を食べたことはあっても、見たことなどはないだろう」

薬を包みながら、良衛は独りごちた。

「南蛮秘薬に見えるか、これで」

良衛は作業を終えた。

「男と女が情を交わすことで子が生まれる。女の腹に入った男の精が子供の元になると昔から言われてきたが、南蛮の医術書によるといささか違いが出る。男の精は、女の子宮に入り、そこで卵《らん》と合体する。それが子供になるという」

長崎で読んだオランダの産科本の知識を良衛は丸暗記していた。ただ、腑分《ふわ》けなどを認めていない幕府のもとでは、それを確かめる方法がなかった。

「確認できぬのが痛いな」

書物の知識は得難いものであるが、それを吾がものにするにはどうしても実践しなければならない。

「身体をなかから温めるのは、漢方、蘭方《らんぽう》ともに勧めている」

良衛は南蛮流外科術を専門としているが、本道は名古屋玄医《なごやげんい》に学んだ漢方を主体としていた。

「問題は……」

薬を包み終えた良衛の目つきが鋭いものに変わった。

「あらたな世継ぎができぬように、大奥で薬が使われている……か」

良衛は先日、お伝の方から聞かされた話を考えていた。

「お伝の方さまを拝診したが、なんの異状も見られなかった。他の女中にも被害らしい症状がなかった」

話を聞いた後、良衛はお伝の方と局《つぼね》の毒味役女中を検診していた。毒味役は、お伝の方と同じものを摂食している。

「吾の知識にも、そのような薬はないが……」

良衛は外道を専門とする。外道は薬よりも、手技に重きを置く。どうしても薬の知識などに、良衛は不安を持っていた。

「中条《ちゅうじょう》どのに尋ねるか……」

わからないときや手に負えないときは、できる医師に引き渡す。これも医師としての義務であった。

五里霧中で、診察、治療などされた患者は、酷《ひど》い目に遭うことが多い。なんとかなるかなんともならないかを見極める目を持つ、あるいは己の技量に見切りを付けられる医師こそ、名医と言えた。

「ただ、中条どのは堕胎を毛嫌いされている。女を孕《はら》ませぬ薬などと聞いては、穏やかではすむまい」

金儲《かねもう》けをもくろむ同門の者たちのために、中条流産科術は子下ろし屋と蔑視《べっし》されている。それを中条壱岐《いき》は恥と考えていた。

「かといって……」

幕府医師の産科の長ともいえる奥医師田上清往《たがみしんおう》と良衛は不仲であり、清往の影響を受けている御広敷番医師のほとんどと交流はない。

「申しわけないが、お願いするしかないな」

将軍側室にかかわる問題である。良衛は中条壱岐のことを気遣いたかったが、避けて通るわけにはいかなかった。

「ふううう」

良衛の心に重いものがのしかかった。

「……疲れた」

まだ長旅の疲れは抜けていない。良衛は大きくため息を吐いた。

「そういえば、まだ、顔を見ておらぬ」

良衛は妻ではない一人の女を思い出した。

「患家の状況を確かめるのも医師の仕事だ」

自らを納得させる言いわけを用意して、良衛は往診の用意をした。

「三造《さんぞう》、少し患家方の様子を見て参る。夕餉《ゆうげ》までには戻る」

「へい」

三造の見送りを受けて、良衛は屋敷を出た。

「まずは、近いところをすまさねば……」

良衛は屋敷を出て二つ目の辻《つじ》を折れ、数軒進んだところにある商家へと足を踏み入れた。

「ご免」

「どちらさんで……これは先生」

暖簾《のれん》を潜った良衛に、帳場に座っていた主が反応した。

「しばらく留守にすると申しておったがの。事情で早くに戻った。お内儀はいかがかの」

良衛は簡単に帰府を報せ、患者の状況を問うた。

「いただいたお薬が効きましたようで、家内は元気でおりまする」

主が答えた。

「そうか。それはなによりじゃ。では、なにかあったら、いつでも言ってきてくれ」

今日はこれだけでと良衛は背を向けた。

「お待ちを。お上がりください。先生のお診立てをお願いいたしまする」

調子がいいとはいえ、素人判断でしかない。主が良衛の診察を求めた。

「……そうか」

そう言われては立ち去れない。良衛は店の奥へと案内された。

医者を往診で呼べるほどの商家ともなれば、不意の来訪にも十分な応対をしてのける。良衛が商家の内儀を診察し終わるころには、茶菓の用意がしっかりとできていた。

「長崎へお出《い》でだったそうで。あちらはいかがでございましたか」

主が土産話を聞きたがった。

商人にとって情報は大きな商いのもとになる。とくに江戸から遠い長崎の事情などそうそう手に入るものではないのだ。主が興味を持つのも無理はなかった。

「いや、見るもの聞くもの、すべてが……」

良衛は話を始めるしかなかった。どういったところで、医師も商売でしかない。顧客、患者の機嫌はとっておくべきであった。

「……まあ、こんなところでしょうか。詳しくお話しさせていただきたいこともまだござるが、まだこの後、患家見舞いに行かねばならず」

「お引き留めいたしまして、申しわけもございませんでした。本日はお見舞いをいただき、ありがとうございました」

すんなりと主が引いた。

「これは、些少でございますが、お礼で」

すっと主が紙包みを差し出した。

「いや、かたじけない」

良衛は遠慮なく受け取った。

「……いささか遅くなったが……」

日が陰り始めていた。男が一人住まいの女のもとへ訪れるにふさわしい刻限ではなくなりつつあった。

「……すぐに暇《いとま》すればよい」

己に言いわけして、良衛は大通りをはずれた。

大通りに面しているのは、武家屋敷か、商家ばかりであった。庶民の住居や裕福な武家、町人の妾宅《しょうたく》は、大通りから一本奥まる。そして、貧しいその日暮らしの庶民や浪人は、さらにもう一つ路地を曲がったところに住む。

「……美絵《みえ》どの、おられるかの。矢切でござる」

良衛は路地の奥、突き当たるように並んでいる長屋の一軒に声をかけた。

「先生、先生でいらっしゃいますか」

なかから驚いた様子の返答があった。

「しばし、お待ちを」

慌てた美絵が告げた。

「……お待たせをいたしましてございまする」

煙草を一服ほど吸う間を経て、長屋の戸障子が開けられた。

「不意に参上して、迷惑であったか」

「いえ、とんでもございませぬ。長崎へお出でと伺っておりましたので、驚いてしまいまして……」

髷《まげ》の乱れを気にしながら、美絵が否定した。

「御上《おかみ》のお召しでな。遊学を切りあげて戻って参ったのだ」

簡単に良衛が説明した。

「どうぞ。散らかしておりまするが」

美絵が良衛を誘い入れた。

「しばし、お邪魔いたそう」

誘われた良衛が、長屋のなかへ入った。

「なにもございませんが……」

申しわけなさそうに美絵が、鉄瓶《てつびん》から白湯《さゆ》を湯飲みへと入れて供した。

「いただこう」

良衛は湯飲みを両手で握った。

庶民にとって茶は高嶺《たかね》の花であった。屋敷でも茶を飲むのは、妻の弥須子《やすこ》と息子の一弥《いちや》だけで、主の良衛は口にしない。御家人でしかなかった矢切家では贅沢《ぜいたく》品で、慣れていないというのもあり、良衛は茶よりも白湯がありがたかった。

「いかがでござるかの。咳《せき》などはでませぬか」

白湯を一口啜《すす》った良衛が尋ねた。

「お気遣いかたじけなく存じまする。おかげさまで、何事もなく過ごさせていただいておりまする」

うれしそうに美絵が微笑んだ。

美絵はもともと伊田《いだ》という御家人の妻であった。

幕府ができて戦がなくなり八十年近くも過ぎると、武を振ることで収入を得てきた侍の経済は破綻《はたん》する。まさに狡兎《こうと》死して走狗《そうく》烹《に》らるで、用のなくなった武家は幕府からも見捨てられ、生活は逼迫《ひっぱく》していく。

禄《ろく》だけでは、生きてはいけても余裕は生まれない。慎《つつ》ましく生きていた伊田家に災難が降りかかった。当主が労咳《ろうがい》を患った。

労咳は別名金喰《かねく》い病と呼ばれるほど、治療に費用がかかった。なにせ労咳の治療は、滋養に富むものを食べ、人参《にんじん》などの高貴な薬を使わなければならないからだ。

貧乏御家人に人参を買う金などない。いや、医者にかかることさえ難しい。

金払いの危ない御家人のもとへ足を運ぶ医者もいない。あきらめて死ぬのを待つばかりだった伊田を良衛は診た。診ただけで、薬などを与えはしなかった。

医者にも生活がある。どのような状況であろうとも、身銭を切るべきではない。一人に施しを与えれば、他の者にも同じことをしなければならなくなる。収入がなくなり、薬などを使い果たして、買えなくなった医者は、患者を救えなくなる。

「考えなく伸ばした手がいずれ他の患家にも迷惑をかける結果を生む」

良衛の父蒼衛《そうえい》が、家督を譲るときに厳しく念押しした教えを良衛は守っている。

ただ、薬は与えず、端《はな》から無料である診察だけを良衛は伊田へ施した。

やがて伊田は死に、浮いた家督を奪った一門にその美貌《びぼう》を狙われた美絵は、逃げるようにして町屋へ引き移った。

「先生のおかげで、伊田は人らしい末期を迎えられました」

医者にかかることもできず死んでいく者の多いなかで、脈を取ってもらえただけでも幸福であったと感謝した美絵は、家を出た後も良衛との交流を続けていた。

良衛も妻弥須子と違い、夫に尽くす良妻の鑑《かがみ》のような美絵にどことなく惹《ひ》かれていたのもあり、労咳の伝染を確認するという名目で、ときどき長屋を訪れていた。

「ご無事でのお帰り、御祝い申しあげまする」

美絵が両手をついて喜んだ。

「いや、お陰で無事でござった」

良衛も応じて、答礼を返した。

「長崎はどのようなところでございましょう」

先ほどの商人と同じく、美絵が興味を見せた。

「あまり変わりませんでしたな」

先ほど商人に話したのとは逆のことを良衛は言った。

「町中で江戸と違うのは、食べものくらいでしょうな。建物も昔は南蛮風のものも多かったと聞きましたが、それらは火事で焼け落ち、新しく建て直されたのは普通のもの。南蛮寺と呼ばれる異国風のものが珍しいといえば、珍しいくらい」

「…………」

語る良衛に美絵が耳を傾けた。

「なにより江戸と違ったのは、食べものでござった。普段の食事は江戸と同じようなものでござったが、砂糖がふんだんに使われており、やたら甘いのでござる」

「甘い……それは」

江戸で砂糖は高級品であった。まず口に入るものではなく、庶民たちは甘茶蔓《あまちゃづる》などから煮出した甘みで我慢するしかない。

美絵が目を輝かせた。

「菓子だけではないのでござる。和蘭陀から大量に入ってくるせいか、江戸に比べて格安な砂糖は、料理にも使われましてな。おかずとなる菜が甘いのでござる」

「まあ、甘いおかずが」

美絵が目を大きくした。

「甘い煮《に》染《し》めで飯を喰うのはなかなかに苦行でござった」

「わかりまする」

苦い顔をした良衛に、美絵が同意した。江戸の庶民は砂糖など口にしたことはない。煮魚を始め、白飯のおかずになるものはすべて醤油《しょうゆ》辛いものと決まっていた。

「あとは、南蛮人を見て参りましたな」

「南蛮人……血を呑《の》む鬼のような大男……」

美絵が震えた。

「血ではござらぬ。あれは赤い葡萄《ぶどう》を搾って作った酒でござる。大男というのはまちがってはおりませぬ。皆、愚昧《ぐまい》よりも一回りも、二回りも大きゅうござった」

「矢切さまより、大きいとは、雲を衝《つ》くような」

良衛は六尺（約百八十センチメートル）には届かないが、かなり上背がある。その良衛よりも大男だと聞いた美絵が驚いた。

「他にも……このようなことがございました」

聞き上手な美絵にのせられて、良衛はしゃべり続けた。

「今、灯《ひ》を入れまする」

日当たりの悪い裏長屋ほど暗くなるのは早い。美絵が行灯《あんどん》へと膝《ひざ》ですり寄った。

「おおっ。もうそんな刻限か。長居してしまったな」

良衛はあわてて立ちあがった。

「お引き留めいたしませぬ。なんの用意もいたしておりませぬ」

美絵が少しだけ寂しそうな顔をした。

「夕餉をお出ししいたしたかったのでございますが」

自分一人の糊口《ここう》をしのぐが精一杯な仕立ての針仕事である。夕餉というほどのものが不意にできるはずはなかった。

「いや、お気遣いだけいただいておこう。では、また」

小さく手を振って良衛は、さりげなく次もあると話をして長屋を出た。

「……さて、帰って調薬をするか」

胸のなかの澱《おり》を払拭《ふっしょく》できた良衛は足取りも軽く屋敷近くまで帰って来た。

四

「…………」

屋敷まであと少しというところで、良衛は足を止めた。

「禿頭《とくとう》はわかりやすくて助かる」

数人の浪人者が良衛の前を塞《ふさ》いだ。

「何者だ。愚昧を幕府医師矢切良衛と知っての狼藉か」

良衛は誰何《すいか》した。身分を表に出すことで、無用な争いを避けようとしたのだ。

「あまり賢い男ではないな」

浪人の一人が嘲笑《ちょうしょう》を浮かべた。

「禿頭が目印だと言っただろう」

別の浪人が笑った。

「こんなのを締めるだけで、十二両とは悪くない」

最後の一人が白い歯を見せた。

「誰に頼まれた」

「宇田氏《うだうじ》、まことの馬鹿であるぞ」

「うむ。こんな馬鹿に診られては、患家も迷惑じゃの。園部氏《そのべ》」

左右の浪人が良衛を嘲《あざけ》った。

「訊かれてしゃべるようならば、最初から引き受けぬよ。医者坊主」

中央の浪人が憐《あわ》れむような声で言った。

「……むっ」

良衛は口を結んだ。

「なあに、命まで取ろうとは言わぬ。ちくと教えてくれればいい。南蛮渡りの秘術とやらを」

中央の浪人が良衛に告げた。

「ふん。話したところで理解できそうには見えぬが」

良衛が鼻先で笑った。

「大丈夫だ。理解するのは我らではない。後ろにいる男が覚えてくれるでな」

「なにっ」

良衛は首だけを動かして、背後に目をやった。

「……おぬしは、吉沢」

「ご無沙汰しておりまする。矢切先生」

絶句した良衛の後ろ、五間（約九メートル）離れたところで、吉沢が軽く頭を下げた。

「よくも吾の前に顔を出せたな。奪った薬を返せ」

良衛が吉沢を怒鳴りつけた。

「もう手元にございませんので、お返しできません」

ぬけぬけと吉沢が述べた。

「売ったのか、あれを」

「とあるお方に差しあげましてござる」

詰問する良衛に、吉沢が答えた。

「あれがなにかもわかっていない人物に、渡しただと……」

良衛は目を剝《む》いた。

「痛み止めでございましょう。いえ、痛みをなくす妙薬」

吉沢がわかっていると告げた。

「違うぞ。あれは鎮痛の薬ではない」

「お隠しあるな。拙者は見ていたのでござる。あの商家の嫁が痛みの苦しみから救われたのを」

否定した良衛に、吉沢が言い返した。

良衛が杉本忠恵《すぎもとちゅうけい》から分けてもらった薬、宝水と名付けたものの正体は麻酔薬であった。服用することで患者を眠らせ、手術や病気による痛みを感じさせなくするもので、それ自体に鎮痛の作用はなかった。ただ、良衛が宝水を処方した商家の嫁は、尿管に石が詰まったため起こる激痛であったので、薬で眠っている間に石が膀胱《ぼうこう》へと落ち、目覚めたとき痛みが消えていただけのことであった。

「あの薬は効き目も強いが毒性もある。それを知らずに使えばたいへんなことになる」

良衛は薬の乱用に危惧《きぐ》を覚えた。

「大丈夫でございまする。薬をお持ちのお方は、少なくとも矢切先生より優秀なので」

「薬の使用法をまちがえば、患家が死ぬこともあるのだぞ」

平然としている吉沢に、良衛が憤った。

「おい。いい加減にしろ。おまえ、雇い主に言われたことだけをしておればいい。それ以上、医者坊主と戯れるな」

中央の浪人が吉沢を叱りつけた。

「……わかった」

吉沢がうなずいた。

「待て、吾の話を聞け」

「いい加減にしろ、医者坊主。状況がわかっていないのか。おまえは、今、我らの手のなかにあるのだぞ」

園部と言われた浪人が、良衛に怒鳴った。

「…………」

良衛はあきれるしかなかった。

「さて、命が惜しくば話せ」

宇田が促した。

「そのようなものはない」

良衛は一言で拒んだ。

「……面倒な。よいか、真野《まの》氏」

宇田が中央の浪人に確認した。

「やり過ぎるなよ」

真野が許可した。

「まったく、馬鹿だな。さっさとしゃべっていれば、なにごともなく医者を続けられたろうにな」

宇田が良衛に近づいた。

「右手を失えば、さじも加減できまいに」

そのまま良衛の右手を摑もうとした。

「…………」

伸びてきた宇田の手に良衛は、懐に忍ばせてある尖刀《せんとう》を突き刺した。

「ぎ、ぎゃああ」

宇田が飛びすさりながら叫んだ。

人の身体は、器用な部分ほど敏感にできている。神経の数が多くないと細かい作業がしにくいからだ。手は、人体でもっとも細かい動きをする場所《ところ》である。顔ほどではないが、神経は密に走っている。そこを傷つけられた痛みはかなりのものになった。

「なっ、宇田、どうした」

園部があわてて宇田のもとへ寄った。

「手を、手をやられた」

手の甲から掌《てのひら》まで尖刀で貫かれた宇田が、傷を押さえながら訴えた。

「……医者、きさま」

園部が良衛を睨《にら》んだ。

「無抵抗でやられるとでも思ったか」

良衛は冷たい声を出した。

「……園部、宇田を連れて下がれ」

真野が二人に指示を出した。

「こいつは、甘く見過ぎていた」

「たかが医者坊主ではないか。今のは、宇田の油断だ」

重く言う真野に、園部が反論した。

「宇田の傷をよく見ろ。突き刺してすぐに抜いている。宇田が痛みに気づいて手を引く前にだ。それだけの早さ、なかなかできるものではない」

真野が園部に話した。

「……わかった」

園部が宇田の肩を抱いて、引いた。

「さて、まずは詫《わ》びよう。おぬしを侮っていた」

真野が頭を下げた。

「悪いと思うならば、去れ。今ならば追わぬ」

良衛が手を振った。

「あいにくだが、そうはいかぬ。我らも生きていかねばならぬ。引き受けた仕事は完遂するのが義務だ」

はっきりと真野が首を横に振った。

「教えてくれ。南蛮流の秘術を」

真野が求めた。

「だから、ないと言った」

「あきらめの悪い。おぬしが長崎で南蛮流秘術を身につけてきたとわかっている」

あくまでも否定する良衛に、真野があきれた。

「誰がそのような偽りを」

「……それは儂も知らぬ。ただ、そう聞かされただけよ」

問うた良衛に、真野が答えた。

「無意味だの」

「残念だが……」

話す気がない良衛と、引くわけにはいかない真野では落としどころはない。

「力ずくになる。できるだけ殺さぬようにはするが、戦いに絶対はない。死にたくなければ、早めに話してくれ」

断りを入れて、真野が太刀を抜いた。

「よいのだな。幕臣に切っ先を向けた以上、ただではすまぬぞ」

良衛が念を入れた。

「今さらだ。どれだけの旗本を殺してきたか、もう忘れるくらいになっている。捕まれば、首を斬られるのは避けられぬでな」

真野が太刀を下段に構えた。

「……はっ」

下段の太刀から伝わる気迫に、良衛は口を閉じ、右手に握っていた尖刀を投げつけた。

「なんの」

太刀で払わず、半歩左にずれるだけで真野がかわした。

「……………」

良衛は投げた尖刀の行方を気にせず、腰に差していた脇差《わきざし》を鞘走《さやばし》らせた。幕府医師になっても旗本の身分を失ったわけではない。良衛は両刀を差す権を持っている。とはいえ、往診に太刀はじゃまなため、脇差しか帯びてはいなかった。

「脇差で向かってくるか」

真野が良衛の構えをじっくりと見た。

「ただの医者坊主じゃなさそうだな。かなり遣う」

「……………」

実力を認めた真野に、良衛は沈黙で答えた。

「こいつはしくじった。十二両じゃ安すぎる。宇田の傷を治すだけでも、かなり医者代がかかるうえ、まともに腕が使えるようになるまでの金も要る」

「割が合わないのならば、止めればいいだろう」

良衛は口を開いた。

「一度引き受けた仕事は、果たすか、こちらが死ぬかせぬかぎり、止められぬのが決まりでな。ここから逃げたら、江戸に居られなくなる。江戸を捨てた浪人の末路は餓死しかない」

真野がゆっくりと首を左右に振った。

「吾を殺せば、秘術は手に入らぬぞ」

「それが悩みだな。まあ、死にかけたところで止めるように努めよう」

良衛の言葉に、真野が合わせた。

「さて、参る」

真野がすり足で間合いを狭めてきた。

「……早い」

手慣れた者のすり足は、出が見にくかった。最初の一歩への対応が遅れがちになるうえ、足を上げての移動ではないだけに重心がぶれず、隙も見つけにくい。

「ちっ」

舌打ちした良衛は、喰いこまれるのを承知で後ろへ下がった。

「ぬん」

引く相手は攻撃してこない。あるいはしてきたところで軽くなる。つけこむ隙とばかりに、真野が追い撃ってきた。

「当たらぬ」

良衛は、真野の太刀が届かないと読んだ。

「体勢を整えさせるとでも思うか」

空を切った太刀を、切り返すようにして真野が二撃目を放った。

「むう……」

その後も続けて太刀を振るう真野に、良衛は引く体勢からの立ち直りができなくなった。

「逃げ足を奪おうかの」

真野が低い位置で太刀を薙《な》いだ。良衛のふとももを傷つけるつもりであった。

「させぬわ」

薙ぎは面の攻撃になる。振りおろしてくる一撃よりも範囲が広いぶん、軌跡を読みやすい。

良衛は脇差を身体の脇へ沿わせ、薙ぎを受け止めた。

「かかったな」

にやりと真野が笑った。

「足止めが目的か」

短い脇差で受け止める。太刀よりも間合いが狭いだけ、真野の踏みこみを受け入れることになる。良衛は、真野の太刀を止めたとき、相手の間合いに足止めされる形になった。

「左手を殺す。されたくなければ、秘術について話せ」

「だから、ないと申しておろうが」

太刀に力を加えながら真野が問い、それに耐えながら良衛が否定した。

「ならば、言いたくなるようにするまでよ」

ぐいっと真野が太刀に力をこめた。

「むううう」

左手を主に右手を添える形で立てた脇差を支える良衛が不利であった。

「言うなら今ぞ。切っ先が脇腹を割くぞ、ほれ」

真野が一層太刀を押した。

「……ふっ」

良衛はこれを待っていた。押されている左足に置いた重心を右足のかかとへ移し、真野の刃《やいば》を利用して左へ身体を回した。

刃と刃が音を立てて滑り、良衛の脇差が真野の太刀を外へと押し返した。

「こやつ、無茶をする」

慌てて真野が太刀を引いた。このままいけば、やがて良衛の脇差が真野の太刀の切っ先を過ぎ、その力を受け流すものが尽きてしまう。真野がそのまま力をこめていると、切っ先は回転して脇差を左へと移し無防備になった良衛の右脇腹、肝の臓を割くことになる。

肝の臓は人体の急所であり、ここをやられればまず助からない。

良衛の持つ秘術を奪いに来た真野にとって、それはまずかった。

「医者のくせに、命を粗末にするな」

真野が良衛をたしなめた。

「ご忠告には感謝しよう」

良衛が言いながら、さらに後ろへと跳んだ。

「なにを……」

五間（約九メートル）以上の間を開けた良衛に真野が怪訝な顔をした。

「そこ、動くな。吉沢。よくも師たる吾を裏切ったな。成敗してくれる」

良衛が真野に背を向け、吉沢に正対し大声をあげた。

「ひっ」

怒鳴りつける良衛に吉沢がおびえた。

「覚悟せい」

良衛は吉沢へと駆けた。

「ひえええええ」

脇差が迫る光景に、吉沢が悲鳴をあげて逃げ出した。

「あっ、待て。おまえがいなければ……」

真野があわてて制したが、恐怖に襲われた吉沢の耳には届かなかった。

「……やってくれたな」

吉沢の姿が見えなくなったところで、真野が良衛をにらんだ。

「真野氏……」

園部がどうしていいかわからないといった顔で呼んだ。

「引くぞ。あやつがいなければどうしようもない。我らだけで、医者を脅して吐かせたところで、心得のない我らでは真贋《しんがん》がわからぬ」

大きく嘆息した真野が太刀を鞘へと納めた。

「だが、親方にどう報告するのだ」

手を押さえたままで宇田が震えた。

「逃げたあやつのせいだ。こちらに非はない。それでも文句を言うようなら、親方を替えるだけよ」

そう言った真野が振り向いた。

「医者坊主、頼みがある」

「そやつの手当か」

真野の要求を良衛は見抜いた。

「頼めぬか。金が入らぬゆえ、医者へ行けぬ」

「襲い来た者の治療をする義理はないな」

良衛は拒んだ。

「傷を付けたのは、おまえだぞ」

園部が良衛を非難した。

「正当な報復じゃ。なにより、無料での治療はせぬと決めている」

良衛ははっきりと首を左右に振った。

「金はない……」

真野が思案に入った。

「……どうだろう。一つ貸してくれぬか」

「貸し一つだと」

「そうだ。なにかあったとき、一度はおぬしの味方をしよう」

確認した良衛に、真野がうなずいた。

「親方を裏切ることになるかも知れぬぞ」

「命には代えられぬ。このままでは宇田は利き腕を失う。刺客や脅しで生きている我らだ。利き腕が使えなくなるのはまずい」

真野がまじめな目をした。

「……ふむ」

良衛は悩んだ。

「よかろう。約束は守れよ」

落とした薬箱を拾いながら良衛が首肯した。

「助かる。宇田」

認めた良衛に、一礼した真野が宇田を促した。

「………」

「手を出せ」

恐る恐る近づいてきた宇田を良衛がつかんだ。

「ひいっ」

宇田が悲鳴をあげた。

「女でもあるまい。我慢せい」

手首の骨の下を握れば、手を引き抜かれることはない。良衛は宇田の傷をあらためた。

「きれいなものだ」

「己のしたことを褒めるか」

感心した良衛に、真野があきれた。

「血は止まっているな。おい、そこの。薬箱から陶器の瓶《かめ》を出せ」

良衛が園部に命じた。

「……わかった」

仲間の治療のためだ。不満を顔に出しながらも、園部が従った。

「焼酎《しょうちゅう》だ。しみるぞ」

忠告してから、良衛は陶器の瓶の蓋《ふた》を開け、中身を傷口へ振りかけた。

「くうう」

最初に言われていたからか、宇田が歯を食いしばって我慢した。

「反対を」

甲に続いて掌を良衛は消毒した。

「提灯《ちょうちん》」

薬箱のなかに、高価な蠟燭を使った小型の提灯が入っていた。これは灯油だと持ち運びしにくいからであった。

「ああ」

急いで園部が蠟燭に火を点《つ》けた。

「布」

瓶を返し、代わって白い布を良衛は要求した。

「ふむう」

傷口にこびりついた血を良衛が拭《ふ》き取った。

「ここを照らしてくれ」

「おう」

園部が提灯を動かした。

「そこでいい。尖刀の幅より少し大きいくらいか。これならば縫うほどではないな」

照らされた傷口をすばやく良衛は確かめた。

「薬は……あった」

何種類もある薬を素人に任せるわけにはいかない。良衛は宇田の手を離して、薬箱を探った。

「少し痛むぞ」

また念を押して、良衛は薬を傷口に押しこんだ。

「……つうう」

ようやく止まった血が、良衛の手当でふたたび流れ出した。

「反対を……よし」

薬を塗りおえた良衛が、新しい木綿の布で傷口を巻いた。

「これで終わりだ。傷口の布は三日に一回は換えろ。新品のふんどし用の新しい晒しを切って使えばいいだろう。薬はこの貝殻に入れてやる。布を換えるときに、よく塗りこめ」

良衛は貝殻に軟膏《なんこう》を詰め、真野に渡した。

「あと布を濡《ぬ》らすな」

「かたじけない」

真野が礼を述べた。

「助かった」

「感謝する」

宇田と園部も頭を下げた。

「では、これで失礼しよう。借り一つ忘れぬ。行こう」

真野が宇田と園部を連れて、暗闇へと溶けこんでいった。

「……変わった連中だ」

刺客というのは、相手を仕留めるまで襲いかかってくるものだ。それがあっさりと中断し、ましてや傷の手当まで要求した。

ありえないといえる事態に、良衛はあきれるしかなかった。


良衛の前から逃げた真野たちは、その足で辰屋の親方のもとを訪ねた。

「親方、あれはなんだ」

真野が最初に苦情を言った。

「先生、わかるようにおっしゃっていただけませんかね」

「あの医者崩れ、途中で逃げ出したぞ」

理由を訊いた辰屋に、真野が吐き捨てた。

「……思った以上に使えませんでしたか。真田さまのお話なのでお受けしましたが……こちらの目をまともに見さえしませんでしたからねえ。肚《はら》が決まってないなとは感じておりました」

辰屋が苦い顔をした。

「あんな役立たずをどこで拾って来たのかは知らぬが、今回の失敗は我らのせいではないぞ。約定通り、前金はいただく」

「いたしかたございません」

真野の宣言に辰屋が同意した。

「あと宇田が怪我をした。見舞金をくれ」

「ご冗談を。それはそちらが失敗したか、腕が届かなかったかでございましょう。知ったことではございませんな」

真野のさらなる要求を辰屋が一蹴《いっしゅう》した。

「やはりだめか」

あっさりと真野が引っこめた。

「もう一度お願いします」

辰屋が求めた。

「断ろう。あの医者坊主は並じゃねえ。殺すならば話は別だが、生かして秘術を聞き出すなんぞ無理だ」

真野が首を左右に振った。

「なんとかなりませんかね。今回のご依頼は、金も破格でございますが、それ以上に断れないところからのものでしてね」

辰屋が粘った。

「少なくとも、なにがあっても逃げ出さない医術の知識持ちを用意しないかぎり、できる話じゃない。宇田の代わりはなんとかなるだろうがな」

力ずくの問題ではないと真野が告げた。

「医術の心得持ち……ちょうど手元に来たばかりだったあいつが唯一でございましてね」

人がいないと辰屋が困惑した。

「その辺の医者じゃだめなのか。本所にも医者は何人もいるだろう」

真野が首をかしげた。

「この辺りの医者なんぞ、看板を出しているだけで、まともな連中じゃありませんよ」

辰屋が吐き捨てた。

「もと浪人だとしたらまだまし。大工崩れや逃散《ちょうさん》百姓のなれの果てがほとんど。もっと酷いのになると、国元で患者を殺し、そこにいられなくなって流れてきたというやつもおりますで」

「とんでもないな」

真野が嘆息した。

「とにかく、この仕事は降りる」

「まあ、そうおっしゃらずに。続けてというわけではございませんし。次の医者が見つかるまで、お考えください。手間賃については、また考えさせていただきますので」

断ると言った真野を、辰屋がなだめた。

「逃げ出さない医者と確定し、手当を今の倍にしてくれるなら、考えてもいい」

「倍はいくらなんでも……」

真野の条件に辰屋が渋い顔をした。

「まあ、決まったら連絡をしてくれ。いつものところにおるでな」

手を上げて真野が背を向けた。

「真野さんがだめなら、ちと困るな」

辰屋が苦い顔をした。

「……いざとなったら、人質でも取るか。たしか、嫁と息子がいたな」

しばらく思案した辰屋が呟いた。

第四章　四面楚歌《そか》

一

良衛《りょうえい》は調剤した薬包を二十個持って、御《お》広敷番医師溜《ひろしきばんいしだまり》に出勤した。

「おはようござる」

「……………」

良衛のあいさつに、誰も応答しなかった。本道の医師二人、眼科、口中科各一人、合わせて四人の医師は、良衛のほうを見もしなかった。

「……中条《ちゅうじょう》どのは、非番か、今夜の宿直《とのい》か」

良衛は気にせず、中条壱岐《いき》の姿を探したが、見つけられなかった。

「訊《き》きたかったが……これはお屋敷を訪ねるしかないな」

独りごちた良衛は弁当だけを残して、溜を出て下《しも》の御錠口《おじょうぐち》へと向かった。お伝《でん》の方の所用に応じるのだ。堂々と下の御錠口を使用できる。

下の御錠口は、御広敷伊賀者《いがもの》番所のなかにあり、御広敷伊賀者組頭、当番の御広敷伊賀者によって厳重に護《まも》られていた。

「御広敷番医師、矢切《やきり》良衛でござる。お伝の方さまのお薬を持参いたした」

「お伝の方さまの……」

将軍寵姫《ちょうき》の名前は大きい。うさんくさげに、入ってきた良衛を見ていた御広敷伊賀者たちが、あわてて姿勢を正した。

「お待ちあれ」

御広敷伊賀者組頭が急いで、下の御錠口の御広敷側扉を開いた。

「下の御錠口お女中衆へ申しあげまする。御広敷番医師矢切どの、お伝の方さまのお館《やかた》まで通られまする」

「問い合わせる。待ちやれ」

下の御錠口番が返してきた。

医師とはいえ、男を通すのだ。まちがいないかどうかを確かめなければ、なにかあったときの責任問題になる。御広敷番医師でも、迎えの女中なしでの大奥入りは許されていなかった。

「矢切どの、ここでよろしゅうございまするか。それとも医師溜でお待ちなさいますか」

御広敷伊賀者組頭が、問うた。

下の御錠口は七つ口より格上の出入り口になるが、大奥の下手にある。御台所《みだいどころ》鷹司信子《たかつかさのぶこ》に次ぐ格式を持つお部屋さまのお伝の方の館はもっとも上手になり、かなり離れている。

その距離を大奥女中はしずしずと進むのだ。行って帰ってくるだけでも小半刻《こはんとき》（約三十分）はかかった。

「邪魔でなければ、ここで待たせてもらいたい」

敵地に近い御広敷番医師溜では、気分も休まらない。良衛は御広敷伊賀者番所で待機していると答えた。

「こちらへ」

御広敷伊賀者はお目見え以下の身分で、御広敷番医師が格上になる。御広敷伊賀者組頭が上座を譲った。

「すまぬな」

城中は格式で動く。遠慮はかえって御広敷伊賀者たちを戸惑わせる。良衛はすなおに上座へ腰を下ろした。

「白湯《さゆ》しかございませぬが……」

若い御広敷伊賀者が湯飲みを良衛の前に持って来てくれた。

「かたじけない」

礼を言って良衛は湯飲みを受け取り、白湯を啜《すす》った。

「……なんと」

「……」

御広敷伊賀者たちが顔を見合わせた。

「なにかの」

良衛は御広敷伊賀者たちの態度に首をかしげた。

「我らの使用した湯飲みでございますが、気に障られぬので」

「人外化生《にんがいけしょう》と呼ばれる伊賀者の沸かした湯を平然と……」

御広敷伊賀者たちが口にした。

「伊賀者といえども人でござろう。湯飲みも洗っているならば、汚くもなし。身分あろうとも腹に一物持っている者より、はるかに気楽でござる」

「畏《おそ》れ入りまする」

御広敷伊賀者組頭が感嘆した。

「伊賀者は、嫌われ者でございますゆえ」

「同じじゃな」

首を横に振る御広敷伊賀者組頭へ良衛が笑ってみせた。

「お医師どのが……」

御広敷伊賀者組頭が驚いた。

「一人、お伝の方さまのご信頼を受けるというのは、なにかと妬《ねた》みを買うものでござってな」

「……なるほど」

苦笑した良衛に、御広敷伊賀者組頭が納得した。

「ご挨拶《あいさつ》が遅れました。御広敷伊賀者組頭百井《ももい》猪右衛門《えもん》でございまする。これは御広敷伊賀者の坂《ばん》と二上《ふたがみ》」

御広敷伊賀者組頭が名乗り、配下を紹介した。

「先ほども名乗ったが、御広敷番医師矢切良衛でござる。以後よしなに」

「我らのほうこそ、お願いをいたしまする」

百井が頭を下げた。

「矢切どのは、以前組屋敷まで……」

「一度、お邪魔いたした」

問うた百井に良衛はうなずいた。

かつて江戸城へ侵入した刺客と戦った御広敷伊賀者の傷を、良衛は四谷《よつや》の伊賀者組屋敷まで出向いて治療したことがあった。

「やはり。あの折は、組内の者がご無礼をつかまつりました」

百井が詫《わ》びた。

「こちらこそ、申しわけないことをした」

良衛も頭を下げた。

組屋敷に入った良衛を伊賀組の内情を探りに来たと勘違いした伊賀者が襲撃、返り討ちに遭っていた。

その後誤解は解けたが、良衛も御広敷伊賀者も表だっての手打ちはしていなかった。なにせ表沙汰《おもてざた》にできないのだ。伊賀組は幕府医師を理由なく襲っているし、良衛は返り討ちとはいえ、伊賀者を殺している。どちらも明らかになれば、無事ではすまなかった。

「一つ訊かせてもらってよいかの」

良衛は百井に許可を求めた。

「なんでござろう」

「大奥に外から入りこむことはできようか」

促した百井に、良衛は訊いた。

「我らが警固しているゆえありませぬ。と申したいところではございまするが……」

小さく百井が嘆息した。

「広大な大奥を完全に把握するには人手がなさすぎ、すべての侵入者を防いでいると胸は張れませぬ」

百井が正直に答えた。

「なにかございましたならば、お教え願いたく」

もしお伝の方に被害が出ているのであれば、御広敷伊賀者の存続にかかわる大事となる。百井が良衛へ子細を話してくれと頼んだ。

「どなたとは言えぬ。まあ、わかるだろうが……とあるお方さまが、食べものになにか盛られているのではないかとご懸念でな」

「お伝の方さまが」

しっかりと百井は誰の苦情かを悟った。

「ただ、確実かどうかわからぬのだ。なにせ、誰一人腹が痛いとか、身体を悪くしたとかの症状が出ておらぬ。そのお方さまの気のせいだとしてしまうのは、簡単だが……」

良衛は難しい顔をした。

「ふううむう」

百井も首をひねった。

「二上、あとでお伝の方さまのお館の天井裏を精査しておけ」

「承知」

命じられた二上が首肯した。

「天井裏から……」

「薬を食事や飲みものに入れるとなると、上からでなければ難しゅうございまする。天井板に小穴を開けるか、ずらすかすれば……」

「……たしかにそうでござるな。しかし、痕跡《こんせき》が残りますか。穴ならば見つけられましょうが……」

百井の言いぶんに、良衛はさらなる懸念を表した。

「天井裏の埃《ほこり》を見ればわかりまする。埃ばかりは、後から足せませぬ。ずらす、外すなど、天井板に触れれば、そこだけ埃が薄くなりまする」

「なるほど。埃とは思いも寄らなかった。さすがでござる」

良衛は感心した。

「では、わたくしどもにお任せをいただけましょうや」

「頼む」

「承りましてございまする。御広敷伊賀者の名にかけて調べてみせましょう。また、今後はそのようなまねをさせませぬ」

「よろしくお願いする」

天井裏となると己ではなにもできない。良衛は百井に預けた。

「御広敷番医師どの」

下の御錠口から女の声がした。

「……もう帰って来たのか」

思わず百井がそう呟《つぶや》くほど、返答は早かった。

「お伝の方さまより、急ぎ参れとのご指示にございまする。さあ、早う、お渡りを」

御錠口番が大奥側の扉を大きく開けて良衛を急《せ》かした。

「あの様子では、どうやら、お伝の方さまに叱られたようでござるな」

百井がなんとも言えない顔をした。

「やれ。急ぐとするか。馳走《ちそう》であった」

良衛は白湯を飲み干して立ちあがった。

二

大奥の廊下は縁側でないかぎり、畳敷きになっている。

「御広敷番医師矢切良衛どのをお連れいたしましてございまする」

御錠口番が、畳廊下に手を突いて告げた。

「入ってよろしい」

なかから襖《ふすま》が引き開けられた。

「お待ちであるぞ。そのまま上の間へ通られよ」

顔なじみとなった女中八重坂《やえさか》が、良衛を出迎えた。

「承知つかまつった」

前回とは違う扱いに戸惑うことなく、良衛は大股《おおまた》で入り口に近い多聞《たもん》、渡り、次の間をこえ、二の間の襖際で膝《ひざ》をついた。

「矢切でございまする」

「開けよ」

なかからお伝の方の声がした。

「遅かったの」

上の間の襖際で平伏した良衛に、お伝の方が文句を言った。

「大奥に入るには、医師といえども手続きがございまして……」

良衛は己のせいではないと逃げた。

「まったく融通の利かぬ連中ばかりじゃ。津島《つしま》、錠口番どもに言い聞かせておきや。矢切が求めたときは、一々問い合わせずともよい。ただちに通せとな」

「はい。お方さまのお言葉、よく申し伝えまする」

お伝の方の腹心、中﨟《ちゆうろう》津島がうなずいた。

「で、持って参ったか、和蘭陀《オランダ》渡りの秘薬を」

すぐにお伝の方が話を変えた。

「和蘭陀渡りではございませぬ。きっちりとまちがいのない材料を使い、わたくしが調薬いたしましてございまする」

南蛮《なんばん》というだけで毛嫌いする者もいる。良衛はわざと自家製だと口にした。

「そうか、それはすまなんだの。そなたの手になるものならば、安心じゃ。八重坂、受け取りやれ」

「矢切どの」

指示された八重坂が伸ばした手に、良衛は薬袋を渡した。

「すぐにでも飲みたい。毒味を急がせよ」

「ただちに」

大事そうに薬袋を胸に抱いて、八重坂が上の間を出ていった。

「矢切」

襖が閉まるのを確認したお伝の方が、目つきを真剣なものにした。

「今、いろいろと手を尽くして調べておりまする」

中条壱岐から話も聞けていない。良衛はそう答えるしかなかった。

「すぐにはわからぬのか」

お伝の方が不服そうに言った。

「薬の種類だけでも数百、いえ、南蛮薬まで合わせれば千をこえましょう。まことに申しわけなき仕儀ながら、一朝一夕ではとても結果はでませぬ。それにお方さまへいい加減なことを申しあげるわけには参りませぬ」

「……むうう。たしかに、嘘偽りを言われても、妾《わらわ》ではわからぬな。しかし、あまりときをかけるでないぞ」

良衛の返答を認めながらも、お伝の方が急がせた。

「尽力いたしまする」

「うむ」

頭を下げた良衛に、お伝の方が満足そうに顎《あご》を引いた。

「お方さま……」

今度は良衛がお伝の方に目で合図をした。

「津島、誰も入って来させるな」

すぐにお伝の方が、良衛の要求を悟った。

「……どうした」

お伝の方が良衛に話して良いと許可した。

「じつは先日……」

良衛は襲撃のことをお伝の方に語った。

「……南蛮の秘術を寄こせとな」

お伝の方の眉間《みけん》にしわが寄った。

「何者であったか」

「無頼の浪人者どもでございました」

さすがにもと弟子までそこにいたとは言えない。問われた良衛は吉沢《よしざわ》のことを隠して告げた。

「無頼の浪人者が、なぜ、南蛮の秘術を求めるのだ」

理由がないとお伝の方が首をかしげた。

「お方さま、それは誰かに頼まれたのではありませぬか」

他人払《ひとばら》いをしてくれと言っても、将軍の寵姫と二人きりになるのはまずい。というより許されない。同席していた津島が意見を出した。

「頼まれた……誰にじゃ」

お伝の方がさらに疑問を持った。

「南蛮の孕《はら》み術を欲しがる者など、決まっております。上様のお情けを頂戴《ちょうだい》している者どもでございましょう」

津島が述べた。

「上様のお情けを受けたのは、露《つゆ》と美代《みよ》と……」

「弥生《やよい》もでございまする」

名前を挙げたお伝の方に、津島が付け加えた。

「そうであった。上様から預けられたが……弥生はどうした」

「我らの館から女中を出し、一切を差配しておりまする」

弥生は完全に支配下にあると津島が述べた。

「では、弥生ではないな」

「いえ。お方さま」

除外しようとしたお伝の方に、津島が首を左右に振った。

「弥生は監視いたしておりますが、その親元までは目が届きませぬ」

「親元は旗本か」

「はい。三百石の小普請《こぶしん》でございまする。すでに父は亡く、今は弥生の兄が家を継いでおるとのことでございまする」

訊いたお伝の方に、津島が答えた。

「その者どもが、南蛮の秘術を欲しがったと申すか」

「はい。他に欲しがるような者はおりませぬ」

確認したお伝の方に、津島が断言した。

「どやつじゃ、そのようなおろかなまねをいたした者は。ただちに呼び出せ。妾、直々に問いただしてくれる」

お伝の方が憤った。

「それはお止めくださいませ。お方さまが目付《めつけ》のまねなどなさるものではございませぬ」

あわてて津島が止めた。

「ならばどうするのだ。今回は矢切が切り抜けたようだが、次もそううまくいくとは限らぬのだぞ。矢切になにかあったとき、どうするのだ」

良衛に万一があれば、南蛮の秘薬が手に入らなくなる。お伝の方が側近を叱った。

「矢切。南蛮秘薬の調合法を紙に記し、妾に提出いたせ」

津島が良衛に命じた。

「それはわたくしが死んでも影響がないように、とのお考えでございますか」

さすがに良衛は腹立たしさを覚えた。無理に長崎から引き返させて、命の危機よりも知識を大事にする。これでは忠誠など持ちようもない。

「当然である。上様の和子《わこ》さまをお方さまがご懐妊なさる。それ以上の大事はない」

あっさりと津島が認めた。

「お断りいたしましょう」

良衛は断った。

「なんだと。上様の和子さまができずともよいと申すか」

津島が良衛を怒鳴りつけた。

「そのようなことは一言も申しておりませぬ」

「言っておるも同然であろう。秘薬の製法を明かすことが、徳川《とくがわ》家末代までの繁栄を約束するのだ」

言い返した良衛に、津島がさらに反論した。

「秘薬は知識のない者が使えば、役に立ちませぬ」

「その知識ごと教えればよいであろう」

良衛の言葉を津島が否定した。

「直接長崎《ながさき》で学んできたわたくしなればこそ、的確な処方《しょほう》ができまする。薬は飲めばいいというものではござらぬ。薬を服用する女性《にょしょう》の体格、性《しょう》、年齢、月のものの周期、上様からのお呼び出しの回数。これらを勘案して初めて効果が出るもの。そのすべてを引き継がせよと言われるならば、わたくし同様の南蛮医術の知識と経験、それに長崎での勉学をすませていただきましょう」

ぐっと良衛は津島を睨《にら》んだ。

医学の技術は独占すべきではないと良衛は思っていた。と同時に、知識と経験のない者に渡すべきではないとも考えていた。

泳いだことのない者に、畳の上で手足の動かしかたを教えて、沖合の海へ放りこむようなことになりかねないからだ。しかも、水練ならば被害は己一人ですむが、医術で迷惑をこうむるのは患者になる。

「きさま……」

論破された津島が目を吊《つ》り上げた。

「抑えよ、津島。矢切の言うとおりじゃ」

お伝の方が、津島を制した。

「お方さま……」

津島が情けない顔をお伝の方へと向けた。

「そなたの忠義は、まことにうれしいと思う。だがの、医術にかんしては、そなたはなにも知らぬのだ。門前の小僧習わぬ経を読むでさえない。薬にかんしては、矢切がそなたの三十年先をいっておる」

「わたくしに伝授してくれとは申しておりませぬ。産科の奥医師、あるいは御広敷番医師へ教えよと申しておるだけでございまする。それらの者なれば、十分やってくれましょう」

まだ津島はあきらめなかった。

「……はあ」

お伝の方がため息を吐いた。

「のう、津島よ。そなたが口にした者どもが、矢切以上にできるならば、外道の医師を長崎まで派遣し、産科の術を学ばせるなど、せずともよかろうが」

「それは……」

言われて津島が詰まった。

「情けない話だがの。妾が上様のお胤《たね》を孕めぬことに、奥医師を始め、誰一人疑問を持たなかった。それだけで秘術を預けられるかどうかわかるであろう」

「……はい。浅慮でございました」

諭された津島がお伝の方へと頭《こうべ》を垂れた。

「妾ではなかろう。そなたが謝るのは」

やさしい声音でお伝の方が諭した。

「……すまなかったの」

中臈は大奥でもかなり格が高い。津島は頭を下げず、言葉だけで謝罪をすませた。

「いえ」

これ以上言っても無駄なうえ、お伝の方の側近に憎まれる。良衛は詫びを受け入れた。

「お方さま」

襖の向こうから八重坂の声が聞こえた。

「待ちかねたぞ。毒味を終えたようじゃな」

お伝の方が、身を乗り出した。

「失礼をいたしまする」

八重坂が薬袋を持って入ってきた。

「矢切、どうすればいい」

飲みかたをお伝の方が問うた。

「ぬるま湯をご用意くださいませ。人肌よりも心もち温かいていどのものを、椀《わん》に

「一杯」

良衛が説明した。

「妾が」

津島が部屋の隅に切られた炉で松籟《しょうらい》をあげている釜《かま》から湯をすくい、椀に注ぐ。それを別の椀へ移し替え、移し替えして冷ましていく。水を足すようなまねはしない。

「……ご用意できましてございまする」

最後は会津塗《あいづぬり》の椀で、お伝の方に白湯が供された。

「一口お含みくださいませ。熱すぎはいたしませぬか」

「……茶ならば、少し温《ぬる》いと叱るところじゃ」

指示通り、一口飲んだお伝の方が告げた。

「ならばちょうどでございますな。さすがは津島さま」

良衛は津島を称賛した。お伝の方とのつきあいはこれからなのだ。その腹心と気まずいままではろくなことにならない。

「当然である。妾は十五歳のときから、お方さまにお仕えしておる」

津島が自慢げに胸を張った。

「畏れ入りましてございまする」

良衛が感嘆してみせた。

「うむ。お医師、白湯は用意できたぞ。次はお方さまにどうお願いすればいい」

あっさりと機嫌をなおした津島が、良衛をお医師と呼んだ。

「薬の包みをそっとお開けいただきたく。細かいものが多うございますゆえ、性急に開きまするると散ってしまいまする」

慎重に薬包紙を解くようにと良衛は告げた。

「……これでよいか」

津島が薬一つを開いた。

「お見事。それをお方さま、お含みくださいませ」

「貸しやれ」

促されたお伝の方が、薬を受け取った。

「なにやらきらきらと光って美しいの。今まで見たこともない薬じゃ。さすがは南蛮の秘薬である」

お伝の方が感嘆したのち、服用した。

「白湯をどうぞ」

「…………」

口に薬が入っている。無言でお伝の方が従った。

「……ふう」

飲み終えたお伝の方が、一息ついた。

「矢切」

お伝の方が良衛へ声をかけた。

「甘いな、あの薬は」

白湯を飲むまでの間、お伝の方は薬を口に含んでいる。そのときに薬に混ぜた砂糖が溶けたのだ。

「はい。南蛮渡りの白糖を入れてございまする」

「白糖を……なぜだ」

お伝の方が首をかしげた。

「白糖は水気を吸ってくれまする。湿気があっても薬ではなく、白糖がそれを受けてくれますので、薬の効果が落ちませぬ」

「なるほど」

「あと甘みは心を落ち着かせてくれまする」

納得したお伝の方に良衛は続けた。

「そういうものか」

お伝の方が首をかしげた。

「漢方薬は煎《せん》じて飲むことが多うございますが、蘭方《らんぽう》の薬はそのまま白湯で服用していただくのがほとんどでございますゆえ、湿気には弱く、長期の保存も難しいものとなっておりまする」

良衛は大量に処方できない理由《わけ》を語った。

「朝晩の二回で良いのだな」

「はい。できましたならば、食事後一刻（約二時間）置いてお願いいたしまする」

「あいわかった。大儀であった。誰ぞ、送ってやれ」

帰っていいとお伝の方が手を振った。

「では、これにて」

一礼して良衛はお伝の方の館を出た。

行きと同様、長い廊下を歩いていた良衛と案内役の前に、数人の大奥女中が立ちふさがった。

「邪魔をいたすな。妾はお伝の方さまの館に属する者である」

案内をしている大奥女中がお伝の方の権威を振りかざした。

「黙れ。そなたの身分は御次《おつぎ》であろう。我らは中臈じゃぞ」

立ちふさがった女中の一人が胸を張った。

大奥の女中には格があった。そして格式に応じた衣装を身につける習慣から、見ただけでなんの役目かわかるようになっていた。

「……通していただきましょう」

悔しそうな顔をしながら、御次がていねいな口調になった。

「通すくらいなら、遮らぬわ」

中臈が嘲笑した。

「……お伝の方さまの邪魔をなさると……」

「しばらく口を閉じておけ」

反論しようとした御次を、中臈が封じた。

「…………」

御次がうつむいた。

「そなた御広敷番医師じゃな」

「さようでござる」

大奥に入った男で禿頭《とくとう》とあれば、奥医師か御広敷番医師しかいない。当たり前の確認だったが、良衛はすなおに応じた。

「長崎へ行った矢切　某《なにがし》とは、そなたか」

「いかにも」

もう一度良衛は認めた。

「ご用件をお伺いいたしたい。お伝の方さまを拝見つかまつり、急ぎ溜へ戻る最中でござれば」

大奥において医師は男子禁制の外だとはいえ、居心地の良い場所ではない。良衛はわかっている確認作業を繰り返す暇があれば、さっさと話せと催促した。

「南蛮流孕み術を施せ」

中臈が命じた。

「はあ……」

良衛は唖然《あぜん》とした。

秘術を渡せという話は、山ほどあった。だが、施せという要求は初めてであった。

「聞こえておらぬのか。妾にその手法をしてみせよと申しておる」

あっけにとられている良衛に中臈が苛立《いらだ》った。

「お待ちくださいませ。あなたさまに秘術を施すのでございますか」

思わず良衛は確かめた。

「そうじゃ。妾こそ、六代将軍となられる和子さまを産むにふさわしいのだ」

中臈が述べた。

「……いかがいたせば」

どうしたらいいかと良衛は悩み、御次を見た。

「わかりませぬ」

御次も困惑していた。

「失礼ながら、上様のご寵愛《ちょうあい》をお受けに……」

良衛は訊いた。綱吉の指示ならば、中臈のいうことを聞かなければならない。

「まだじゃ」

「えっ……」

堂々と否定した中臈に、良衛は絶句した。

「なにを驚いておる。妾がご寵愛を受けるのは決まっておる。妾の実家《さと》は三河《みかわ》以来の旗本じゃ。上様の側室としてなんの支障もない」

「ですが、今はまだ……」

滔々《とうとう》と語る中臈に、良衛は反論しかけた。

「馬鹿か、そなたは」

被《かぶ》せるように中臈が嘆息した。

「妾が孕み術を受けたとあれば、お世継ぎをお求めの上様が、放っておかれるはずなかろう。お耳に届けば、明日にでも小座敷へお招き下さることになるのは決まっておる。そして側室に進められ、いずれは和子さまを授かり、御母堂さまじゃ」

中臈が自信満々に言った。

「はあ」

良衛はあきれるしかなかった。

「わかったならば、さっさと施せ。うまく和子さまを産めたときは、そなたを奥医師にしてやるゆえな」

餌を示して、中臈が急《せ》かした。

「お女中どの。もう一度館へ戻ってはいけませぬか」

思いこみの激しい中臈の相手などしていられない。良衛は逃げ出すことにした。

「これならば、よろしゅうございましょう」

御次の女中も同意した。

「あっ、待て」

踵《きびす》を返した二人に、中臈が手を伸ばした。

「そなたたち、あの医師を捕まえよ」

中臈が両脇に待機していた奥女中に命じた。

「男に触れるわけには参りませぬ」

「汚らわしいことでございまする」

配下の奥女中二人が二の足を踏んだ。

大奥の女中は、すべてが将軍のものとされていた。つまり、大奥で生まれる子供はすべて将軍の胤ということになる。だけに、疑わしい行為は厳罰に処された。

「ええい、なさけない。妾は上様以外の男に近づくわけにはいかぬのだ。そなたたちがせねば、どうにもならぬのだぞ」

中臈が動かない配下に苛立った。

「なんだったのでござろう」

良衛は戸惑った。

「とりあえず、お方さまにご報告を」

御次も首をひねっていた。

「……愚かな女よな」

戻って来た二人から話を聞いたお伝の方が大きく息を吐いた。

「津島、同行してやれ。妾の館筆頭中臈たるそなたならば、上臈《じょうろう》でも出て来ぬかぎり、相手になるまい」

「仰せとあらば」

お伝の方の言葉に、津島が首肯した。

「付いて参れ」

「助かりましてございまする」

誘《いざな》われた良衛は、深くお伝の方に頭を下げた。

「……行ったか。しかし、まずいの。あまりに話が拡がりすぎておる。矢切の邪魔をする者がこれ以上出ては、妾のことがおろそかになりかねぬ」

お伝の方が難しい顔をした。

「上様のお成りを待つしかないのが悔しい」

どれほどの寵姫であろうとも、女から将軍へお召しを願うことはできなかった。

これは目下が目上を呼びつける形になるからだ。また、寵姫から将軍への手紙も禁じられていた。こちらは将軍になにかを強請《ねだ》ってはならないとの決まりからであった。

だが、お伝の方の危惧《きぐ》はその日のうちに払拭《ふっしょく》された。

「今夜、お召しでございまする」

昼過ぎ、上の御錠口を預かる女中が、中奥《ちゅうおく》の小姓から綱吉の渡りを伝えられ、お伝の方のもとへ報告《おぼ》に来た。

「かたじけなき思し召しでございまする」

伝言に過ぎないとはいえ、将軍家の命である。お伝の方は下座に畏《かしこ》まって承った。

「上様のお召しがお方さまにございました。一同、抜かりなきよう準備にかかれ」

津島が号令を発した。

将軍の閨《ねや》御用には、いろいろな用意が要った。まず、食事の内容が変更された。お部屋さまとして将軍一門と同じ扱いを受けているお伝の方は、夕餉《ゆうげ》に好みのおかずを注文できた。

卵が好きなお伝の方は、毎日のようにだし汁に溶いた卵を掻《か》き入れるものを要求している。他に鳥や魚などを気に入った調理法で出してもらっている。これに制限がかかった。

「山椒《さんしよう》焼きは中止である。薫《にお》いものも省けよ」

将軍と口を合わせるだけに、臭いのするものは避けなければならない。

「白米は固めにいたせ」

固めに炊いた米は、よく噛《か》まないと食べにくい。よく噛むことで満腹になるのが早まり、食べ過ぎで胃の腑《ふ》が出っ張っているというような恥ずかしいまねを避けつつ、空腹による腹部の鳴りも抑える。

「風呂《ふろ》の用意を急がせよ。髪を洗われるゆえ、むくろじの実を多めに用意せい」

将軍の閨に侍《はべ》るときは髷《まげ》を解く。これは髷に針や小刀を潜ませないためにおこなわれる。武器でなくとも、簪《かんざし》、笄《こうがい》でも、目を突くなどして将軍を害することはできる。それを避けるためのものだが、普段髷として椿油などで固めている。それを落とすにはかなりの手間と時間がかかった。

お伝の方の館は、一気に騒々しくなった。

「またお伝の方さまか」

一方で呼ばれなかった側室は、愚痴をこぼした。

「いつまでご寵愛を一人占めにする気じゃ。もう、お褥《しとね》を遠慮し、若い者に譲るべきであろうが。そろそろ月のものもなくなろうとする年増《としま》のくせに」

側室の一人、お露の方が腹立たしげに吐き捨てた。

「お方さま、いささかお口が……」

身のまわりの世話をする女中が、お露の方をたしなめた。

「ふん」

お露の方が一層不満を募らせた。

「これも父が、あの医師から南蛮の孕み術を得られておらぬからじゃ。お胤を受ければ、懐妊しやすくなるという南蛮の秘術さえ、吾《わ》が身にあらば」

悔しげにお露の方が唇を噛んだ。

「父に催促の手紙を書く。筆と硯《すずり》、紙を」

お露の方が命じた。

三

そんな大奥の女たちの争いを知らぬ良衛は、医師溜でときが過ぎるのを待っていた。

「……………」

中条壱岐がいないと誰も、良衛に話しかけてこないのだ。書物を持ちこもうにも、留守の間になにをされるかわからないだけに、学問さえできない。

良衛にとって当番は苦痛でしかなかった。

「矢切先生」

溜の襖が開いて、お城坊主《しろぼうず》が顔を出した。

「愚味《ぐまい》に用か。どうした」

大奥からの呼びだしならば、女坊主か御広敷添番、あるいは御広敷伊賀者が来る。

良衛は首をかしげた。

「大目付《おおめつけ》松平対馬守《まつだいらつしまのかみ》さまが……」

言いにくそうにお城坊主が告げた。

「対馬守さまが……」

良衛は怪訝な顔をした。

大目付松平対馬守とのかかわりは、良衛が表御番医師だったころにさかのぼる。殿中で転んで腰を痛めた松平対馬守の治療をしたことでつきあいができた。その後、良衛が大老堀田筑前守正俊《ほったちくぜんのかみまさとし》刃傷《にんじょう》の一件の裏に気づいたところから、松平対馬守に目を付けられ、長く走狗《そうく》同様に扱われていた。

しかし、良衛が御広敷番医師へ転じ、長崎遊学を認められたおかげで、つきあいは切れたような状況になっていた。

「前に診てもらった腰の痛みがぶり返したとのことで」

「往診をお求めか」

良衛は苦い顔をした。

「あやつめ、御広敷番医師でありながら、表御番医師の範疇《はんちゅう》まで手を伸ばしておる」

「大目付さまとつきあうことで、より上を狙っておるのであろう」

背後から聞こえよがしに、良衛の悪口がした。

「愚昧は御広敷番医師でござる。表のことは表御番医師に……」

「是非にとの仰せでございまする」

断ろうとした良衛をお城坊主が遮った。

「……………」

強硬なお城坊主に良衛は相当な金をもらっているなとあたりをつけた。金をもらって城中の雑用をこなすだけに、お城坊主の求めを断るといろいろ面倒なことになる。水をもらえなかったり、上役からの呼びだしがわざと遅らされたり、嫌がらせをされる。それですめばいいが、身の回りの世話をするとの理由で老中や若年寄とも話ができるお城坊主を敵に回しでもしたら、お役御免もありえた。

「承知した」

良衛はあきらめて、薬箱を手にした。

「ご先導願おう」

「こちらへ」

ほくほく顔になったお城坊主が先に立った。

御広敷から中奥は近いが、表は遠い。良衛はかなりの距離を連れられて、表御殿の片隅へと案内された。

「御広敷番医師矢切良衛さま、お着きでございまする」

「入れ」

なかから低い声で松平対馬守が呼んだ。

「どうぞ」

「ああ」

襖まで開けてくれたお城坊主に、良衛は形だけ応じて座敷へと足を踏み入れた。

「帰って来ていたのならば、儂《わし》のもとに顔を出さぬか」

いきなり松平対馬守が文句をつけた。

「御広敷番医師も寄合医師も大目付さまの配下ではございませぬ」

良衛は報告する筋合いではないと言い返した。

「なにを言うか。そなたは、儂の手の者であろうが」

無駄な抵抗をするなと松平対馬守が告げた。

「長崎を警固する福岡《ふくおか》藩黒田《くろだ》家や佐賀《さが》藩鍋島《なべしま》家に気になるところはなかったか」

松平対馬守が問いかけた。

「医術修業に忙しく、その手のお方とは顔も合わせませんでした」

実際は黒田家から刺客を送られるなどしたが、無事に撃退している。今さらそれを掘り返しては、かえって面倒に巻きこまれることになりかねない。

良衛はなにもなかったではなく、かかわらなかったと答えた。

「むうう。せっかく長崎まで行きながら、抜け荷の一つも見つけられぬとは」

松平対馬守が情けないと首を横に振った。

「……ご用件はそれだけでございまするか。ならば、わたくしはこれで」

言い合いするだけときの無駄だと良衛はさっさと終わらせようとした。

「ふん」

鼻先で松平対馬守が良衛の不機嫌をあしらった。

「まだじゃ。本題はこれからよ」

「御用は」

逃がさないと言った松平対馬守を良衛は急かした。

「聞けば、そなた長崎で南蛮流秘術を手にしてきたそうだの」

「…………」

松平対馬守の口から出た言葉に、良衛はため息しか出なかった。

「返答は」

「なぜ大目付さまが、そのようなことを気になさる」

答える前に、良衛は質問した理由を尋ねた。

「いろいろ交渉に使えそうじゃからの」

松平対馬守がぬけぬけと言った。

長く役人を務めた老練な旗本のなかから卓越した功績を持つ者が大目付になる。

これは事実であったが、幕府が大名の取り潰《つぶ》しを避けるようになった今、大目付はすることのない閑職でしかなかった。

閑職では手柄の立てようがない。手柄がなければ、それ以上の出世は望めない。

大目付が上がり役と言われるわけはここにあった。

しかし、松平対馬守はそれを受け入れられなかった。

「大目付は旗本最高の役目じゃ。あと少しで大名だ」

出世すると加増される。松平対馬守は旗本のなかでも上から数えたほうが早い五千石という高禄を得ている。そして五千石は大名に手の届く位置でもあった。

しかし、大目付に手柄を立てる場所はない。それを松平対馬守は、医者という城中ではお城坊主同様どこにでも入りこめる良衛を取り込むことで打破しようとした。

「たとえ秘術があったところで、大目付さまではご理解できますまい」

良衛は医術の心得のない松平対馬守では、秘術を交渉の道具にはできないだろうと言った。

「そなたが書け。こうすればいいと紙に記せ。儂はそれを出すだけだ」

松平対馬守がぬけぬけと要求した。

「ご冗談を。なぜ愚昧がそのようなまねをせねばなりませぬので」

良衛は相手にしなかった。

「儂の命に従えぬと申すのだな」

「はい」

声を低くした松平対馬守にも、良衛は臆《おく》さなかった。

「儂に逆らうとどうなるか、わかっておろうが」

「なにもおできになりますまい」

良衛は脅しにも屈しなかった。

「今大路《いまおおじ》兵部大輔《ひょうぶだゆう》を典薬頭《てんやくのかみ》から放逐するぞ」

「大目付さまが、典薬頭さまを……できるはずございませぬ」

義父へも影響が出ると告げた松平対馬守に、良衛はあきれた。

「儂が直接するわけではない。典薬頭は若年寄支配じゃ。若年寄は譜代大名の役目。そして大目付は譜代大名を監察する。若年寄を儂は動かせる」

松平対馬守が口の端を吊りあげた。

「はああ」

良衛はわざと大きく嘆息してみせた。

あからさまな態度を取る良衛に、松平対馬守が怒りを見せた。

「なんじゃ、きさま」

「愚昧は……」

良衛は松平対馬守と秘術の話を始めてから、己のことをわたくしではなく愚昧と表し、医者であるというのを前面に押し出していた。

「上様直々に、お伝の方さまの懐妊をお助けするように命じられておりまする。その愚昧の邪魔を対馬守さまはなさると。上様のお子さまを宿したいと願っておられるお伝の方さまではなく、他の側室方に秘術を教える。どちらにせよ、お伝の方さまを敵にする行為でございますぞ」

「なっ、お伝の方さまを敵に回す気など……」

良衛に言われた松平対馬守が、顔色を変えた。

「早速、お伝の方さまにご報告申しあげましょう。さて、役目を失うのは岳父なのか、対馬守さまなのか……見物《みもの》でござる」

ではと頭を下げ、良衛は座敷を出ようとした。

「ま、待て」

松平対馬守が捕まえようと手を伸ばした。しかし、下座の良衛が襖を開けて出ていくほうが早い。

「…………」

良衛は松平対馬守を無視した。

「……これはいかぬ」

松平対馬守が大慌てになった。

「上様のお耳に入る前に、柳沢《やなぎさわ》を通じて手配りをしておかねば」

急いで松平対馬守が座敷を出た。

四

将軍の寵臣《ちょうしん》は御座の間に詰めている。大目付といえども、御座の間へ勝手に足を踏み入れるわけにはいかなかった。

「柳沢をこれへ」

大目付と小納戸頭では身分が違う。二人きりならば別だが、他人がいるところでは尊大に振る舞わなければ、周囲からおかしな目で見られてしまう。

御座の間に近づいた松平対馬守は、小姓に取次を求めた。

「うかがって参りますが、確実とは限りませぬぞ」

将軍は寵臣を手放さない。呼び出しても応じない場合が多い。小姓は最初に釘《くぎ》を刺した。

「承知しておる」

松平対馬守が首肯した。

「……畏れ入りまする」

取次を頼まれた小姓が、御座の間下段襖際で平伏した。

「なんじゃ」

柳沢吉保と歓談していた綱吉が発言を許した。

「大目付松平対馬守、柳沢へ所用ありと申しておりまする」

御座の間では、寛永寺《かんえいじ》門主、御三家当主、甲府《こうふ》宰相と老中以外は敬称をつけて呼ばない。小姓が用件を伝えた。

「対馬がそなたに……」

「今は上様の御用中だとお断りを……」

首をかしげた綱吉に、柳沢吉保が会わないと言いかけた。

「かまわぬ。通せ。ここで話をさせる」

「えっ」

言われた小姓が絶句した。家臣同士の話を御座の間でするなど前代未聞であった。

「急がれよ。上様のご諚《じょう》でござるぞ」

驚きの余り固まった小姓を柳沢吉保が促した。

「……そのように」

小姓が吾《われ》に返った。

「お人の悪いまねをなさいまする」

柳沢吉保は綱吉の意図を悟っていた。

「対馬がそなたに用がある。しばらく顔を出さなかったのが、矢切が帰ってきた途端のことじゃ。となれば、あの医者のことしかあるまい。ならば、躬《み》が聞いてもよかろう」

綱吉が嘯《うそぶ》いた。

「…………」

柳沢吉保が黙った。

「……ご免くださいませ」

小姓に案内された松平対馬守が、おずおずといった風で御座の間下段へと入ってきた。

「そこに座れ」

綱吉が、下段襖際を指さした。

柳沢吉保は、上段の間との境に近い下段の間の上にいる。本来ならば、大目付と場所を替わらなければならないのだが、それを綱吉が留《とど》めた。

「……上様におかれましては、ご機嫌うるわしく、対馬守、恐悦至極に存じあげまする」

一瞬の間を空けて、松平対馬守が決まり切った口上を述べた。

「うむ。吉保に用であるそうだな。話せ」

鷹揚《おうよう》に挨拶を受けた綱吉が、松平対馬守へあっさりと指図した。

「畏れながら、わたくしの用でございますれば、上様にお聞かせするほどのことではございませぬ」

松平対馬守がここでは話せぬと拒んだ。

「ほう。そなたは躬の用を果たしておる吉保を、私用で呼び出したのか」

綱吉が冷たい目で松平対馬守を見た。

「……それは」

松平対馬守が震えた。

「白状せよ。なにを吉保に求めようとした」

「…………」

綱吉に命じられても、松平対馬守が沈黙を続けた。

「対馬、大目付の職を解き、禄を以前に……」

「申しあげまする」

綱吉が処分を言い終わる前に、松平対馬守が発言した。最後までいけば、それは決定になってしまう。松平対馬守の顔色は蒼白《そうはく》になった。

「……言え」

短く綱吉が告げた。

「さきほど……」

松平対馬守が良衛との遣《や》り取りを語った。

「愚か者め」

「……………」

一言で綱吉が切って捨て、柳沢吉保があきれた。

「吉保、躬は情けのうて、涙も出ぬわ。このていどの輩《やから》が、我欲だけの旗本が、大目付まであがれる。幕府はどれだけ腐っておるのだ」

「申しわけもございませぬ」

落胆を露《あら》わにした綱吉に、柳沢吉保が平伏した。

「筑前守を失ったことが、今さらながら痛恨の極みだったと思い知らされた気がする。己の禄を増やすことしか考えぬ。それだけの働きをしたならばまだしも、他人の功績を奪い取って、それを道具に大奥から躬に圧力をかけようなど……」

「上様、なにとぞお許しを」

頭を抱えた綱吉に、松平対馬守が畳に額を押しつけて謝罪した。

「これは幕府を喰《く》いものにする行為であり、躬を馬鹿にするにもほどがあるまねじゃ」

綱吉の怒りが大きくなっていった。

「……ひっ」

松平対馬守がすくみあがった。

「吉保」

「はっ」

呼ばれた柳沢吉保が、姿勢を正し、頭を垂れて傾聴の姿勢を取った。

「この者を預ける。そなたの思うがままにいたせ。使いこなしてもよし、使い潰してもよし。役に立たぬと思えば、放逐してもかまわぬ」

「な、なにを……」

綱吉の言葉に松平対馬守が、思わず顔を上げて驚きの声を出した。

「誰が面を上げてよいと言った」

「……ですが」

無礼を咎める綱吉に、松平対馬守が喰いさがった。

大目付と小納戸頭では身分に大いなる差があった。大目付は幕臣でいけば、老中、若年寄、京都所司代《きょうとしょしだい》、大坂城代《おおさかじょうだい》、留守居《るすい》に次ぐ身分である。旗本だけに限定すれば、留守居の下、大番頭《おおばんがしら》たちと並ぶ地位なのだ。対して小納戸頭は、間に入る役職を数えるだけでも嫌になるほどある。下から数えたほうが早いくらいの地位でしかない。

それを綱吉は逆転させた。身分と格式を高めたいと考えている松平対馬守が納得するはずなどなかった。

「承りましてございまする」

松平対馬守の焦りを無視して、柳沢吉保が受けた。

「うむ」

満足そうに綱吉がうなずいた。

「お待ちくださいませ。大目付を小納戸頭の下にするなど、秩序を壊しまする」

松平対馬守が正論を盾にして抵抗した。

「控えよ、対馬守」

綱吉が怒鳴りつける前に、柳沢吉保が松平対馬守を叱りつけた。

「御座の間で勝手気ままな発言をするなど無礼である。上様のご指示に従え」

「きさまこそ、なにさまのつもりじゃ。儂は大目付ぞ。たかが小納戸頭風情が無礼であろう」

綱吉には強く出られないが、柳沢吉保ならば押さえこめる。そう考えたのか、松平対馬守が役目を振りかざした。

「上様、あの者を引き連れての退出をお許し願えましょうか」

御座の間を離れたところで話をつけたいと柳沢吉保が求めた。

「よかろう」

綱吉が認めた。

「ただし、二度とその者の顔を躬に見せるな」

目通りを禁ずると綱吉が松平対馬守を睨みつけた。

「…………」

旗本が目通りできなくなる。その衝撃に松平対馬守が呆然《ぼうぜん》とした。

「お任せをくださいますよう」

柳沢吉保が手を突いた。

「付いて参れ」

「…………」

立ち上がり退出を促した柳沢吉保を、松平対馬守が無視した。

「これ以上、上様のお心に逆らえば、家ごと潰されますぞ」

近づいた柳沢吉保が小声で諭した。

「……うっ」

やっと松平対馬守が、長居のまずさを理解した。

「……申しわけなき仕儀でございました」

もう一度深く平伏した松平対馬守が、柳沢吉保の後に続いた。

「あのような役立たずが、大目付だと。老中も大久保加賀《おおくぼかが》、稲葉美濃《いなばみの》ら、ありさまじゃ。これで幕府がやっていけるわけなどない」

綱吉が嘆息した。

「このままでは幕府が、徳川が倒れる」

悲愴《ひそう》な表情を綱吉が浮かべた。

「馬鹿どもに任せてはおられぬ。躬が自ら政《まつりごと》をおこなうしかないようだ」

一人になった綱吉が決意した。

将軍と寵愛《ちょうあい》の側室は小座敷の奥にある寝間で一夜を過ごす。

白絹のなかにこれでもかと綿を詰めた豪奢《ごうしゃ》な夜具で綱吉はお伝の方を待っていた。

「お部屋の伝、入りまする」

小座敷付きの中臈がお伝の方の到着を報《しら》せた。

大奥では将軍は客になり、側室は主人たる御台所《みだいどころ》の奉公人という体《てい》を取る。そのため か、敬称などが省かれたり、付けられたりとみょうな慣習があった。

「参れ」

寝間の下段で平伏したお伝の方を綱吉が手招きした。

「はい」

老中でさえ、将軍へ近づくには三度の声かけを待ち、膝行《しっこう》しなければならない。しかし、側室たちは、一度目で立ち上がり、そのまま寝間へ足を踏み入れることができた。

これは儀式にこだわっていると、将軍の性欲を削《そ》ぐかもしれないという危惧《きぐ》から来ていた。いかに女がいても、将軍がその気にならなければ、子供は生まれない。

「上様」

寝間の下段で夜着を留めていた帯を解き、はだけそうになる前を片手で押さえながらお伝の方が、綱吉の横へと侍《はべ》った。

「もそっと来い」

綱吉がお伝の方を抱き寄せた。

将軍と寵姫が睦《むつ》み合っている間、小座敷付きの中臈は下段の間で控えていなければならない。ことを終えた将軍が煙草を欲しがったり、水を飲みたがったりしたときすぐに応じるためであった。

「……お情け、かたじけのうございまする」

綱吉の精をしっかりと体内に感じて、お伝の方は礼を述べた。

「白絹をこれへ」

「……………」

続けてお伝の方が手を伸ばし、無言ですり寄った小座敷付きの中臈が三寸（約九センチメートル）ほどの端切れを渡した。

「ご無礼を」

裸体を晒《さら》したまま、お伝の方が白絹を己の股間《こかん》に押し当てた。

「折角ちょうだいしたお胤《たね》を漏らしては、もったいのうございまする」

「孕《はら》め」

言ったお伝の方に、綱吉が返した。

「上様」

お伝の方が綱吉に目で合図を送った。

「……皆、遠慮せい」

意味を読み取った綱吉が手を振った。

「はい」

中臈たちが下段の間の襖際まで下がった。

もしものこともある。いかに将軍の命といえども、二人きりにはできない。小声で話せば聞こえないていどの距離を取るだけであった。

「矢切から秘術を施されたか」

「一度で効果が出るものではないとのことでございますが、処方した薬を服用いたしましてございまする」

確認した綱吉に、お伝の方が答えた。

「それは重畳《ちょうじょう》である」

綱吉が満悦の笑顔になった。

「で、なんぞ」

他人払いを願った理由を綱吉が問うた。

「矢切が襲われたよしにございまする」

「……ふむ」

「ご存じでございましたか」

驚かない綱吉に、お伝の方が尋ねた。

「そうなるだろうとは思っておった。先ほどもな」

松平対馬守のことを綱吉が告げた。

「愚か者でございまする。上様のお血筋を護《まも》る意味さえわからぬとは」

氷のように冷ややかな声でお伝の方が、松平対馬守を罵《ののし》った。

「南蛮流の秘術を求めて、矢切と話をする者は出てくると思ったが、命を狙う馬鹿がおるとは思わなかったわ」

明かさずに良衛が死ねば、秘術は消え去るのだ。そして、将軍の命で習得した秘術を、旗本である良衛は命がけで秘さなければならない。

「矢切に秘術を教えさせるか」

良衛が死んでも問題ないようにと綱吉が考えた。

「和蘭陀語を読み書きでき、南蛮薬を処方できるだけの知識がなければ無理だそうでございまする」

　すでにその話はしたとお伝の方が応じた。

「……もう一人の矢切を作らねばならぬか。十年ではかなわぬな」

　綱吉があきらめた。

「となるとあやつを生かさねばならぬ」

「はい」

　お伝の方がうなずいた。

「警固の者を付ける……いや、御広敷番医師にそのようなことをした例はない。かえって他人目《ひとめ》を惹《ひ》くだけか。余計な者を呼びこみそうじゃ」

　綱吉が首を横に振った。

「陰供を用意するくらいしかないかの。それも目立たぬように一人か二人」

　お伝の方の乳房をもてあそびながら、綱吉が思案に入った。

「…………」

　身体をいじられながらも、綱吉の邪魔をせぬよう、お伝の方が息を殺した。

「……吉保に任せるか」

　将軍はすべての大名、旗本、御家人を指揮する。だからといって個々の能力を把握していくるわけではない。誰が陰供に向いているかなど、綱吉にはわからなかった。

「ご名案でございまする」

将軍の口から出たことは、すべて肯定される。お伝の方が称賛した。

「であろう。もう一度参れ、伝」

寵愛の女から褒められた綱吉が得意げな顔になった。

娘のお露の方から急《せ》かされた房総屋《ぼうそうや》市《いち》右衛《え》門《もん》は、本所《ほんじょ》の親方辰屋《たつや》を呼びつけた。

「どうなっているんだい」

房総屋市右衛門が、辰屋を責めた。

「申しわけありやせん」

辰屋が詫びた。

「半井出雲守《なからいいずものかみ》さまの御用人、真田《さなだ》さまが仲立ちをして下さったからこそ、大枚を預けて仕事をお願いしたんですよ。それが未《いま》だにできていないというのは……」

怒りを房総屋市右衛門がぶつけた。

「ものがものでございますので、念を押して医術の心得がある者を用意いたしましたのでございますが、そやつが最中に逃げ出してしまいまして」

失敗した理由を辰屋が口にした。

「それも真田さまからのご推挙でして」

「そんなことはどうでもいいんだよ。こっちはすでにお金を払っている」

房総屋市右衛門が一蹴《いっしゅう》した。

「わかっておりやす。今度こそ、まちがいなく」

辰屋が次こそはと言った。

「で、いつ」

「なにぶん医術がわかっていないと、それが正しいかどうかさえわかりやせん。今、深川、本所の医者に声をかけてやす。ですが、なかなか幕府医師を襲うというのに首を縦に振る者がおりませず」

「馬鹿かい、おまえは」

医者を探していると述べた辰屋に、房総屋市右衛門があきれた。

「幕府医師、それも典薬頭の娘婿だよ。それに刃向かえば、江戸《えど》どころかこの国のどこでも医者なんぞできなくなる。逃げ腰になるのは当然だろう」

「…………」

「なにも医者でなくてもよかろう。南蛮薬を扱う薬種屋なら、十分にその代役ができように」

　黙った親方に房総屋市右衛門が告げた。

「薬種問屋でござんすか。なるほど、あたってみやす」

　辰屋が手を打った。

「いいかい、さっさと仕事はすませておくれ。お伝の方さまがご懐妊なさる前に、お露の方さまにお胤が宿らなければ意味がないんだよ。同時だとお伝の方さまのお子さまが上になるからね」

　房総屋市右衛門が急がせた。

　将軍の寵姫にも順位はある。

　そして生まれた子供にも生母による格付けがなされた。お部屋さまのお伝の方が男子を産めば、お露の方が続けて男子を出産しても嫡子にはなれない。お露の方の子供が、将軍世継ぎになるには、お伝の方が男子を産む前という条件が付いていた。

「重々承知いたしております」

「だったら、言いわけする暇なんぞないだろう。なにしに顔を出したんだ」

　わかっていると告げた辰屋に、房総屋市右衛門が逆上した。

「じつは、先日のことで一人怪我人が出やして……思ったよりもあの医者の腕が立つようで」

「医者に剣術で負けたというのかい。笑わせてくれる」

房総屋市右衛門が嘲笑《ちょうしょう》した。

「そこでもっと腕の立つ者を用意しないといけないなと」

「用意しなさい」

「つきましては……」

「金なら出さないよ」

下から見上げるようにした辰屋に、房総屋市右衛門が手を振った。

「最初に話をしたとき、三十両で請け負うと言ったのはおまえさんだよ。商人《あきんど》が一度この金額でと言った以上、赤字が出ようとも納品するのが決まり。できないというなら三十両返しなさい」

「それはわかっておりやすが、商売とはちょっと違うものでございまして」

一度断られたくらいで引っこむようでは、本所を占めるなどできるはずもない。

辰屋が言い返した。

「人を動かすには、金が一番効果がございます」

結果は金次第だと辰屋が笑った。

「おもしろいことを言うね。おまえさんは、この房総屋市右衛門を舐《な》めているのかい」

「とんでもない。ただ、秘術が手に入らなくて困られるのは旦那《だんな》でございましょう。それとお名前が出てもよろしくはないかと」

「脅そうというのかい。おもしろいね。おまえごときが、房総屋はこのようなまねをしておりますと、訴え出たところで誰が受けてくれるんだい。将軍家ご寵愛のお露の方さまの実家《さと》に、町奉行所が手出しできるとでも思っているなら、お笑いだね。やってみるがいい。町奉行所が捕り方を向かわせるのは、わたしじゃなくて、本所になるよ」

鼻先で房総屋市右衛門があしらった。

「こいつは、参りやした。旦那はあっしごときが勝てる相手じゃござんせん。失礼をいたしやした」

あっさりと辰屋が降参した。

「まったく。思い知ったならさっさと動きなさい。無事に秘術を手に入れ、それが本物だとわかったならば、色を付けてあげるから」

突き放すだけでは、まずいのが闇の住人である。つきあいが終わった途端、今まするまでの恨みの報復に出てくる。それを防ぐには、やはり金しかない。成功報酬を約束することで、房総屋市右衛門は、辰屋の反発を抑えた。

「畏れ入りやした」

辰屋が頭を下げた。

「では、褒美を楽しみに働いてきやす。御免を」

「褒美には時間切れがあるからね」

急げと房総屋市右衛門が命じた。

「南蛮のことがわかる医者も薬屋もいねえ。それでいて期限が短い。しかも真野《まの》さんたちは使えないとなれば、難しいにもほどがある」

房総屋を出た辰屋が悩んだ。

「……人質を取るか」

辰屋が本所へと足を急がせた。

第五章　攻防の夜

一

秘術なんぞはない。良衛《りょうえい》がもっともよくそれを知っていた。

だが、将軍綱吉《つなよし》、寵姫《ちょうき》お伝《でん》の方のなかでは、秘術はあり、良衛が身につけていることになっている。

良衛が最初に話をしておけば良かったのだが、目通りをしたとき、いきなり綱吉から親任されたことで告げる余裕を失ってしまった。

「今さらなにもないでは、腹切りものだ」

良衛も旗本の一人として、将軍と寵姫を落胆させた者がどうなるかはわかっていた。

「子ができるかどうかは、天の配剤に近い」

南蛮《なんばん》流外科術を学んだ良衛は、人の妊娠がどうなって成りたつかを知っている。体質や環境の影響が大きいとも理解している。

「かといって……上様の子胤《こだね》に云々《うんぬん》などとは口が裂けても言えぬ」

妊娠するかどうかが、女だけに原因があるなどとは思っていない。が、その原因を将軍に求めるわけにはいかなかった。

「お伝の方さまだけではなく、上様にもお身体のための食事などをしていただきたいが……」

将軍の食事は奥医師の担当になる。御広敷番《おひろしきばん》医師の良衛ではどうしようもない。

「それよりも問題は、お伝の方さまに薬が盛られているかどうかだ」

良衛は困惑した。

御広敷番医師で産科を担当する中条壱岐《ちゅうじょういき》に問いたいと思ってはいるが、なかなかにその暇がない。御広敷番医師溜《いしだまり》では、他の医師の耳目があり、とてもできる話ではない。

かといって中条壱岐の屋敷を訪ねようにも、屋敷に患者が来ていれば、そちらを優先しなければならない。また、中条壱岐と良衛の休みが合わないと、屋敷まで行ったところで会うこともできない。

数日、良衛は無為に潰《つぶ》していた。

「矢切《やきり》どの」

お伝の方の診察を終え、することもなく退勤の七つ（午後四時ごろ）を待っていた良衛に、中条壱岐が声をかけた。

「これは壱岐どの。宿直《とのい》番でござるか」

「さようでござる」

宿直は自前で夜具と弁当を持ちこむ。中条壱岐が大きな荷物を、隣に置いた。

「いかがなされたのかの。数日、心ここにあらずといった風に見えますぞ」

中条壱岐が心配してくれた。

「これは恥ずかしいところを見られました」

良衛は外から見てもわかるほど集中を欠いていたことを恥じた。

「なにかござったので」

「いささか、愚昧《ぐまい》で届かぬことがございまして。それで悩みを抱えておりました」

訊《き》いてくれた中条壱岐に、良衛は答えた。

「愚昧にお手伝いできることはございませぬか」

中条壱岐が気遣ってくれた。

「ありがたいことでござる。ただ……」

ちらと周囲へ目を走らせることで、良衛は他聞を憚《はばか》ると示した。

「……むう」

中条壱岐が唸《うな》った。

「一度、お屋敷をお訪ねしたいと思っておりまする」

良衛が言った。

「いつでも歓迎いたしまするが……休みをどうするか」

非番、当番などの順番は決まっている。良衛が連日勤めから通常の輪番に変わったことで、中条壱岐とずれが出てしまった。

「夜はいかがでござろう」

「なるほど。夜ならば、どちらかが宿直でなければいけますな」

良衛の提案に、中条壱岐がうなずいた。

「となれば、愚昧は明日が非番、明後日が当番でござる」

「愚昧は、明日が宿直、明後日が非番。では、明後日の夜にお邪魔しても」

二人の予定をつきあわせ、良衛が訪問の日を決めた。

「結構でござる。患家の後始末もござれば、夜六つ半（午後七時ごろ）でよろしゅうござるか」

「大事ございませぬ。こちらからお願いしたので、もそっと遅くとも」

中条壱岐の言葉に良衛は首肯した。

旗本には門限があった。届け出ていない限り、日暮れには屋敷に戻っていなければならない。だが、これは医師に適応されなかった。門限があっては、急患への対応ができなくなる。日暮れとともに閉じられる町木戸も、医師は名乗るだけで通行できた。

「いや、あまり遅いと翌日に差し障りましょう」

中条壱岐が、首を横に振った。

「では、その日に」

二人の約束がなった。

「さて、七つの鐘が鳴り申した。本日はこれにて」

良衛は中条壱岐に一礼した。

「一同、注目いたせ」

不意に御広敷番医師溜の襖《ふすま》が開いて、奥医師田上清往《たがみしんおう》が入ってきた。

「田上先生、なんでございましょう」

御広敷番医師の一人が、清往のもとへ近づいた。

「今より合議をおこなう」

「合議でございまするか」

「はて、それは奥医師方だけのものでは」

宣言した清往に、戸惑いの声があがった。

「いずれ、皆も奥医師たる日が来るやも知れぬであろう。そのときのために学んでおくべきだと思わぬか」

「我らが奥医師に……」

「それはありがたし」

良衛と中条壱岐を除く御広敷番医師たちが歓喜の声をあげた。

「皆、集まれ」

上座へ移動した清往が、手招きをした。

「お呼びのようでござる。お行きなされ。愚昧はこのまま失礼しまする」

苦笑しながら、良衛は清往に応じるよう中条壱岐へ勧めた。

「気が進みませぬが……」

奥医師は御広敷番医師の上役ではないが、従っておかないとまずい。

中条壱岐が上座へと向かうのを見て、良衛は御広敷番医師溜を出ようとした。

「なにをしておる。矢切、そなたもじゃ」

清往が良衛を制止した。

「愚昧もでございまするか。当番は終えましたが」

もう七つは過ぎ、溜にいなくてもいいと良衛は述べた。

「それがどうした。合議は皆の意見を聞く貴重な機会であるぞ。それを断るとは、そなた御広敷番医師としての、いや、幕府医師としての心構えがなっておらぬぞ」

清往が建前を使って良衛を非難した。

「わかりましてございまする」

良衛は清往を囲むようにしている御広敷番医師の最後尾に腰を下ろした。

「さて、合議とはなにか。一々言わなくともわかろうが、一応説明しよう。我ら奥医師が、上様あるいは御台所《みだいどころ》さま、ご一門さまを拝診つかまつったのちに、集まって本日のご状況を報告し、それに対してどのようにするべきかを討議する。これが合議である」

一度清往が皆を見回した。

「西加《さいか》、なぜ合議をするか、そなた答えよ」

「はい。合議することで、症状の見落としをなくすのが第一。他にも、多くの医師が考えることで、よりよい治療法が出せまする」

「そうだ。一人の医師だけが診断、治療をおこなうと誤診がおこりえる。しかし、合議すれば、誰かがおかしいことに気づく。そして、一人の医師では限界がある知識を補塡《ほてん》でき、的確な治療が施せる。合議が役立つだけでなく、必須《ひっす》であるとわかったな」

「はい」

「わかりましてございまする」

清往の確認に、数名の御広敷番医師がうなずいた。

「では、早速御広敷の合議をしよう。もちろん、内容は大奥のお女中、そのなかでも上様がご寵愛《ちょうあい》のお方についてである」

「つっ……」

良衛は清往の意図を悟った。

「お伝の方さまを拝診しているのは、誰じゃ」

わかっているにもかかわらず、清往が問うた。

「……愚昧でござる」

一斉に目を向けられた良衛は手を上げるしかなかった。

「そなたか。名はなんと申したかの」

「矢切良衛でござる」

「専門は産科か」

「いえ。外道でござる」

わざとらしい質問に良衛は答えた。

「ほう。外道の医師がお伝の方さまを診ている。お怪我でもなさったのか。医師溜にそのような報告は出ておらぬが。お伝の方さまは、お部屋さまとして上様ご一門格であられる。その治療には奥医師があたるべきであろう」

清往が首をかしげた。

「外道ではございませぬ。ご懐妊についてのお話をさせていただいておりまする」

「ほう、外道医が産科の術を」

「…………」

しつこく絡む清往に、良衛は苦い顔をした。

「お伝の方さまからのご下問でございますれば」

「……それは光栄でござるな」

お伝の方の求めとあれば、奥医師では口出しできなかった。

「どのようなお話をさせていただいておる。内容にまちがいがないかどうか精査せねばならぬ。中せ」

いい加減良衛も気づいていた。合議という形で、良衛が手にしていると思われている秘術を訊きだそうと清往はしていた。

「お伝の方さまのお悩みにかかわることでございますれば、お方さまのお許しを得ねばなりませぬ」

良衛は拒んだ。

「……許可を取れ」

「愚昧が……なぜでございまする。愚昧は患家の秘密を医者同士とはいえ、漏らすようなまねはいたしませぬ。ご入り用ならば、田上どのがどうぞ」

「……くっ」

お伝の方は綱吉を動かせる。敵に回せば、老中の首でも危ない。

「お話だけであろうな」

清往があきらめた。

「……いいえ」

あとで問い合わされれば、それまでである。良衛はごまかさなかった。

「なんと。専門でもない産科について、おぬしはなにかをしていると」

大仰に清往が驚いた。

「おそろしい」

「なにかあったら、どうすると」

清往に従っている御広敷番医師から非難が出た。

「お薬を処方いたしております る」

「薬だと。なにをどれだけだしている」

「…………」

ぐっと身を乗り出した清往に良衛は嘆息した。欲望丸出しの手立てにため息しか出なかった。

「お教えできませぬ」

良衛は拒絶した。

「なんだと。話と違い薬は、下手をすればお身体に障るのだぞ。ましてそなたは薬の苦手な外道医であろう。そなたが調合したものが大丈夫かどうか、専門たる愚昧が確かめなければならぬ」

「そうじゃ」

「ご相談申しあげるのが筋である」

清往の言いぶんに、御広敷番医師たちが賛同した。

「わかりましてござる。よろしいか」

「待て、筆写の用意をする」

言うぞと告げた良衛を制して、清往が矢立と帳面を出した。

「よし」

盗《と》る気満々で、清往が良衛を促した。

「Suiker、Venkel……」

「ま、待て」

流暢《りゅうちょう》なオランダ語で話し出した良衛に、清往があわてた。

「本朝の言葉で、話さぬか」

清往が和訳せいと命じた。

「はて、最初に南蛮の秘薬と申したはずでございますが……」

「それではわからぬではないか。わかるように言え」

困ったという顔をした良衛を清往が叱った。

「無理を言われては困りまする。南蛮の言葉は、本朝に当てはめられぬものが多うございまする。たとえば、国名がそうでござる。和蘭陀《オランダ》は和蘭陀としか言えますまい。和蘭陀を本朝の言葉にできまするか」

「むうう」

切り返されて清往が詰まった。

「では、すでに下城時刻も過ぎておりますれば、愚昧はこれで。ご一同、お先に」

「…………」

出ていく良衛を今度は誰も制しなかった。

「小物だな」

良衛は清往を見限っていた。

「和蘭陀語がわからぬならば、吾《われ》に筆写させ、それを誰か知っている蘭方医《らんぽう》に訳してもらえばすむ。それくらい気づいているだろう」

奥医師にあがるほどなのだ。清往も馬鹿ではない。

「だが、それをするとその蘭方医に南蛮の秘薬が知られてしまう。秘薬を身一人のものにしたいと考えているならば、その手段は取れぬ」

良衛は清往の考えを読んでいた。

「やれ、上様の勘違いがここまで影響を及ぼすとは」

日頃御広敷番医師など弟子以下としか思っていない奥医師が、その溜まで足を運び、合議などという理由を付けて、治療内容を探ろうとした。そこまでなりふり構わぬまねをさせたのも、将軍世継ぎという次代の権力にすがりつくためであった。

「これでお伝の方さまが、ご懐妊でもなされば……それでお世継ぎさまがお生まれになればよいが……もし姫さまであったら」

男女のどちらが生まれるかはわからない。お伝の方は綱吉との間に一女一男を儲《もう》けている。どちらが生まれても不思議ではなかった。

「男子を産みたいと考える側室、大奥女中、そのかかわりある者が、なんとしてでも秘薬を手に入れようとする」

その中心にいるのは己である。考えた良衛はぞっとした。

「かといってできぬというのも困る」

良衛の責任になりかねない。綱吉が世継ぎを欲しがっていることは誰でも知っている。

「なにより、城中でこれだけ騒いでいれば、甲府《こうふ》の耳にも入る」

甲府徳川《とくがわ》家の当主徳川宰相綱豊《つなとよ》が知っているのかはわからないが、綱吉ではなく綱豊こそ将軍にふさわしい血筋だと考えている者はいる。そのなかの一人が、台所役人にいた。良衛が防いでいなければ、綱吉は毒を盛られていたかも知れないのだ。将軍を殺そうとする。これは謀叛《むほん》と同じになる。本人はもとより、九族《きゅうぞく》まで根絶やしにされる大罪であった。

しかし、それをわかっていても台所役人は動いた。個人に捧《ささ》げられる忠誠というものはなにをするかわからないのだ。

「上様に和子《わこ》さまができたら、甲府の出番はなくなる」

四代将軍家綱《いえつな》に直系男子がなかったため、五代将軍の座は弟綱吉に回った。これからもわかるように、将軍位は血が近い者へいく。今、綱吉に何かあれば、家康が万一に備えて創った御三家ではなく、綱吉の甥《おい》にあたる綱豊が将軍を継ぐ。甲府徳川家は綱吉に子供ができては困る。

「…………」

そうなると狙われるのは、良衛であった。

「どなたが上様であろうとも、我ら小禄《しょうろく》の旗本にとって影響はない」

幕府医師に就任したおかげで旗本となったが、矢切家はもともと御家人であった。

家督を相続するときでも、所属している小普請組頭《こぶしんくみがしら》へ届けを出し、一度面会するだけで、登城さえしない。

旗本になっても、二百俵ていどならば登城して家督相続の挨拶をするとはいえ、半年から一年くらいの期間に当主交代した者を何十人と集め、廊下の片隅で平伏しているその前を将軍が通り過ぎるだけなのだ。顔を見るなど許されない。もちろん、声をかけてもらえるわけでもない。

小旗本、御家人にとって将軍は、神様と同じでしかなく、拝むだけの相手であった。

「注意すべきだな」

「矢切先生」

御広敷番医師溜を出て、御広敷御門へと向かった良衛を御広敷伊賀者《いがもの》の二上《ふたがみ》が呼び止めた。

「二上どのであったかの。なにか」

「少し」

辺りを憚るようにして二上が招いた。

「…………」

無言で良衛はうなずいた。

御広敷御門の左手、七つ口の手前に御広敷伊賀者詰め所があった。

伊賀者番所が下の御錠口《おじようぐち》を守っていたのと同じく、伊賀者詰め所は御広敷御門と七つ口を警衛している。

伊賀者詰め所は、宿直番の御広敷伊賀者の控えでもあるが、身分が低いため床に畳や薄縁《うすべり》はなく、板の間であった。

「敷物もございませぬ」

申しわけなさそうに二上が詫びた。

「ご懸念なく。修業中は板の間で雑魚寝《ざこね》しておりました」

名のある医師のもとには、全国から多くの弟子が集まる。実家が身分ある者、裕福な者はちゃんとした宿を取れるが、そうでなければ近隣の寺などに寝泊まりすることになる。板の間に良衛は慣れていた。

「早速でございまするが、組頭よりお知らせしておくようにと命じられましたので」

「伺おう」

良衛はうなずいた。

「お伝の方さまのお館《やかた》の天井裏に不審な痕跡《こんせき》はございませなんだ」

「…………」

「台所役人でお伝の方さまの食事を作る者に人を付けておりますが、今のところ甲府と接触する様子はございませぬ」

「でござろうな」

数カ月前、台所役人が良衛によって捕まえられたばかりである。今、お伝の方に一服盛るなどできるはずはなかった。なにかあれば、今度こそ台所役人は全員放逐される。それこそ、相互監視をしているはずであった。

「大奥に異状はなかったと」

「今のところでございまするが。念のため、お伝の方さまのお館には一人張り付かせておりまする」

二上が警戒は続けていると言った。

「かたじけなし。組頭どのにも感謝していたとお伝えあれ」

良衛は二上に礼を述べて、腰を上げた。

二

辰屋《たつや》の親方は、真野《まの》のもとを訪れていた。

「宇田《うだ》さまはいかがで」

見舞い代わりの徳利《とつくり》を辰屋は持参していた。

「最初の手当がよかったからだろうな。傷の治りはいい。だが、筋をやられているでな。治っても前のようには動けまい」

真野が首を左右に振った。

「となれば……」

「宇田を外すと」

「はい」

確認した真野に、辰屋が首肯した。

「前のように動けぬとは言ったが、使えぬとは申しておらんぞ」

「えっ……剣は振れないのでしょう」

「剣を振るだけが能ではない。宇田は後れを取ったとはいえ、何度も修羅場をくぐり抜けてきた者じゃ。肚《はら》は据わっておる。それに今回の怪我で、もう後がないとわかっている。覚悟もしておる」

「……なるほど」

真野の説明に辰屋が納得した。

「ならば話は早い。どうでございましょう。先日の依頼をもう一度お受けいただけませんかね」

「断った気がするぞ」

真野が苦笑した。

「ちと趣向を変えましたので、あらためてのお話とさせていただきますよう」

「どんな趣向だ」

辰屋の話に、真野が興味を見せた。

「あの医者の身内を人質に取り、秘術を渡せと交渉いたしまする」

「真偽はどうするのだ。拙者はもちろん、他の二人も医術の心得などないぞ」

「大事ございません。秘術を奪った後も人質を押さえておけば、本当のことを言うしかございますまい。もっともつまるところは、ご依頼もとの責任でございますがね。こちらは秘術を手に入れるまでを請け負っただけ」

　真野の疑問に辰屋が告げた。

「なるほどな。秘術の真偽は依頼主に確かめさせるか」

「いかがでございますかね。お引き受けくださいませんかね」

　辰屋がふたたび問うた。

「報酬次第だな」

「前回の続きということで、半金だけでお願いしたいんでやすがねえ。依頼主が吝《け》嗇《ち》で金を出してくれませんし」

　機嫌を取るように辰屋がもみ手をした。

「話にならん。断る。人質を取るなら、なにも我らでなくてもよかろう。その辺の連中で足りよう。一両もやれば人殺しでもなんでもしてのける男がいくらでもおる」

　真野が手を振った。

「やはり駄目でござんすか。けっこう真野さまたちにはいいお仕事を回すなど、便宜を図ってきたつもりなんですがねえ」

　恩があるだろうと辰屋が言った。

「それだけの仕事をしてきたつもりだ。それとも我らのしたことでは不足だとでも」

「と、とんでもない」

殺気を言葉に乗せた真野に、慌てて辰屋が首を横に振った。

「見舞いは受け取っておく」

さっさと帰れと真野が辰屋を追い出した。

「……ちっ」

追い払われた辰屋が舌打ちをした。

「女子供を攫《さら》うだけなら、その辺の人足崩れで十分なんだけどね。それを引き連れてあの医者と交渉できる人物がいねえ。人足崩れなんぞ腕力ばかりで、頭がねえ」

辰屋が難しい顔をした。

「……宇田ならいけるか。腕を怪我して荒事に向かなくなったんだ。交渉くらいならしてくれよう。宇田の家は、たしか……」

手を打った辰屋が踵《きびす》を返した。

非番の朝は宿直番の翌日で徹夜明けとなる。

「……患家が待っているから、それを終えたら夜まで少し眠るか」

良衛はあくびをかみ殺しながら、屋敷へ戻った。

昼からは往診をする。

一刻《とき》（約二時間）ほど仮眠した良衛は、いつもより遅めに往診へ出た。

「帰りに中条どののお屋敷による。遅くなるゆえ、夕餉《ゆうげ》はすませておくように」

留守を預かる三造《さんぞう》に指示をして、良衛は薬箱を持って出た。

良衛は豪商に呼ばれでもしないかぎり、駕籠《かご》を使わない。徒歩で回る。駕籠賃を出せる患者ばかりではないからである。

「……お大事に」

手早く往診をすませた良衛は、少し余った時間を使って美絵《みえ》を訪ねた。

「これを」

良衛は長崎から持ってきた白砂糖を一握り、土産にした。

「……これは」

貧乏御家人の家に生まれ、同じようなところに嫁いだ美絵は砂糖を見たことがなかった。

「少し舐《な》めてごらんあれ」

「……これを」

わけのわからないものを口にするのは不安である。美絵が困った顔をした。

「苦くはござらぬし、身体に悪くはございませぬぞ」

「……はい」

笑った良衛に安心したのか、美絵が左手の小指の先に砂糖を少しだけ付けて口に運んだ。

「あ、甘い」

美絵が目を大きく見開いた。

「和蘭陀から来た白砂糖でござる」

「これが砂糖……」

教えられた美絵がしげしげと砂糖を見た。

「些少《さしょう》しかないので、それだけしか差しあげられぬが、疲れたときなど、白湯《さゆ》に溶かして召しあがるとよい。疲れが取れますぞ」

「こ、こんな高価なものをいただくわけには……」

あわてて美絵が砂糖を押し返してきた。

「土産でござれば。受け取ってもらうために長崎から持って帰って参ったのでござる」

「……ありがとうございまする」

そう言われては断れない。ていねいに包み直した美絵が、うれしそうに砂糖を胸に抱いた。

「砂糖は摂《と》りすぎるとよろしくござらぬが、少量ならば妙薬。遠慮なく使われよ。長く仕舞っておいては、湿気《しけ》てしまいますからな」

「はい」

注意をした良衛に、美絵がうなずいた。

「では、これでご無礼しよう」

「なんのおかまいもいたしておりません」

美絵が白湯さえ出していないと焦った。

「今度ゆっくり馳走《ちそう》になりましょう。今宵《こよい》はこれから同僚の屋敷で勉学会をいたすので」

「勉学。それではお引き留めしてはかえってご迷惑となりましょう」

仕方ないと美絵があきらめた。

「お気をつけて」

長屋の出入り口まで美絵が見送ってくれた。

去っていく良衛と小さく手を振る美絵を、少し離れた物陰から宇田が見ていた。

「妾《めかけ》を囲ってるのか。医者坊主のくせに生臭なやろうだ」

「先生、あの医者に女房子供はいないんで」

宇田の後ろから良衛たちを見ていた人足崩れが問うた。

「いるとも。それも上役の娘だ」

「なるほど。かかあに頭が上がらないから、他所《よそ》で女を作っていると」

人足崩れが納得した。

「ふむ。あの女を攫おう」

「そいつはいい。一人で長屋にいるなら、駕籠さえ手配すれば簡単」

宇田の提案に人足崩れが同意した。

「割蔵《われぞう》、駕籠屋の手配はできるな」

「もちろんでやさ。余計な口を利かないのを用意しやしょう。その代わり、ちと金は要りやすがね」

訊かれた割蔵が答えた。

「拙者が払うわけではない。辰屋の親方だ。あまり法外なまねをするなよ。親方を怒らせたら、本所、深川を歩けなくなるぞ」

「承知してやすとも」

忠告に割蔵が首を縦に振った。

木戸御免とはいえ、わざわざ声をかけて開けさせるのも面倒である。良衛は足早に進んで、刻限まで中条壱岐の屋敷側で待つつもりでいた。

「……なかなかに立派な」

医者の屋敷はどこともよく似た作りになる。駕籠のまま潜れるように表門は幅広で、門を入れば立派な玄関式台がある。

名門として医術を継いできているだけあって、中条家は矢切家よりも立派な屋敷であった。

「矢切さまでございましょうか」

門構えに見とれていると、良衛に気づいた門番が声をかけてきた。

「いかにもさようでござるが、まだお約束の刻限には早いので、また後ほど」

「大事ございませぬ。矢切さまが早めにお見えになるだろう。そのときはご案内いたせと主《あるじ》から命じられておりますれば」

遠慮した良衛を門番が止めた。

「お入りを」

門番に案内されて、良衛は中条家へ入った。

客間に通された良衛は、中条壱岐の出迎えを受けた。

「お待ちしておりましたぞ」

「いや、申しわけない」

早めに来ると見抜かれていた良衛は頭を掻《か》いた。

「遅れられるのは論外。医者は好奇心が旺盛《おうせい》でなければなりませぬ。早めで当然でござる」

気にするなと中条壱岐が手を振った。

「かたじけなし」

一礼して良衛は真剣な目で中条壱岐を見つめた。

「ご用件でござるな」

中条壱岐も緊張した。

「女の孕みを阻害する薬などありましょうや」

ごまかすことなく良衛は問うた。

「……孕んだ女に堕胎をさせる薬はござるが……」

中条壱岐が難しい顔をした。

「堕胎をさせる薬でござるか」

初めて聞く薬に、良衛は驚いた。

「情けなきことに我が流の者が調合いたしておる薬で、飲めば子を……」

苦く中条壱岐が頬をゆがめた。

「月水早流しというものでございましょうか」

堕胎をおこなう中条流医師の看板にこれは記されており、堕胎を意味していた。

「あれは石見《いわみ》銀山や水銀《みずかね》を妊婦に服させるもの」

「石見銀山、水銀を妊婦に与える。どちらも猛毒でござるぞ」

良衛は目をむいた。

「……その毒が妊婦の血に入り、胎児へと回る。大人では死なぬていどでも、小さな胎児には耐えられませぬ」

「むうう」

中条流の堕胎薬のすさまじさに良衛は唸るしかなかった。

「薬には毒とわかっていて使用するときもござるが……それはあまりにすさまじい」

猛毒を薬として使う。よほど処方量を熟知していないとたちまち患者は毒に侵される。下手をすれば命を失う。

「………」

中条壱岐がうつむいた。

「ああ、貴殿を責めているわけではございませぬ」

良衛はあわてた。

「いや、宗家を継ぐ者として、弟子どもの管理もせねばならぬとはわかっておるのでござるが……」

力なく中条壱岐が首を横に振った。

「……いや失礼をした。身内のことで矢切先生にご心配をかけた」

すぐに中条壱岐が気を取り直した。

「妊娠を阻害する薬もござる。まだ、巷《ちまた》にはさほど出回ってはおりませんが、一月《ひとつき》に一度飲めば、その月中どれほど男の精を受けても子ができぬとうたったものが」

「そのような薬が……」

良衛は驚いた。

「効能が確実かどうかはわかりませぬ。中身もわかりませぬ。どうやら吉原《よしわら》辺りの求めに応じて作ったもののようでござる」

中条壱岐が説明した。

遊郭にとって、妓《ぎ》が孕むほど困ることはない。子ができてしまえば、産むまでの間、客を取れなくなる。

「なるほど」

薬を作る理由に良衛は納得した。

「どのようなものが含まれているかは……」

成分を良衛は尋ねた。

「さすがにわかりませぬ。それに問うたところで教えてはくれますまい」

独占しているに近い儲けを他人に分け与えるような人物ならば、水銀などを患者に使うことはない。

中条壱岐が無理だと言うのも当然であった。

「……まさか、お伝の方さまに」

ここまで来れば気づいて当たり前である。中条壱岐の顔色が変わった。

「確定ではござらぬ。お伝の方さまが、神田の館にいたときには上様のお子を二度も授かったのに、大奥へ入ってからはその気配さえない。これは薬を盛られているのではないかと危惧《きぐ》なさっておられるのでござる」

　良衛もすなおに話した。

「ご信頼申しあげている壱岐どののゆえにお話ししたのでござる。かまえてご内聞に願いまする」

「重々心得ておりまする」

　口止めをした良衛に、中条壱岐が深くうなずいた。

「その薬を手に入れられませぬか」

「同門とはいえ、堕胎を専門としている者たちとは対立、いえ、敵対いたしておりますから、難しゅうござる」

　中条壱岐が申しわけなさそうに言った。

「いや、無理を申しました。そういう類《たぐい》の薬があると知れただけでも、ありがたい」

　良衛は中条壱岐に感謝の意を表した。

「さて、用件はこれで終わりましたが、せっかくでござる。いろいろお話をさせていただきたく。愚昧が長崎で見た蘭方についてもお伝えいたしましょう」

「長崎で得られた新知識をお教えくださると」

落ちこんでいた中条壱岐が興奮した。

三

一刻半（約三時間）ほど医術談義をし、夕餉を馳走になって良衛は帰途に就いた。

すでに日は落ちていた。江戸の町は暗い。一応、辻灯籠《つじどうろう》が設けられているが、一晩中灯《ひ》を灯《とも》し続けるだけの油はない。近隣の手前、灯を入れないわけにはいかないから、暮れ六つから四つ（午後十時ごろ）くらいまでは灯しているが、それ以降は放置されている。

幸い、まだ五つ半（午後九時ごろ）なので、まだ灯《あか》りはついている。とはいえ、辺りを十分照らすほどの力はない。辻毎に設けられている灯籠と灯籠の中間は星明かりだけが頼りであった。

「……誰だ」

屋敷へ急いでいた良衛は、影に行く手を遮られた。

「御広敷番医師矢切良衛だな」

影が誰何《すいか》に答えず、確認してきた。

「愚昧を御上医師と知ってのうえか」

良衛は警戒した。

江戸で幕府役人を襲う。これは幕府の面目を潰す行為であり、決して見逃されない。役人に被害が出たときは、町奉行だけでなく、目付も出張り、下手人を追いつめる。夜盗の類も、獲物が幕府役人だと知った瞬間に背を向ける。それをわかっていて影は良衛の前に立ちふさがって来た。

「忠告をしに来た」

影は良衛の様子を気にも留めず、淡々と話を始めた。

「……忠告だと」

良衛は怪訝《けげん》な顔をした。

「簒奪《さんだつ》者の血筋を残すな」

「……簒奪者だと。誰のことだ」

良衛はわざと問うた。

「医は、人のためにあるのだろう。それを忘れるな」

答えず、影は背を向けた。

「待て……」

摺《す》り足で良衛は影との間合いを詰めた。

「…………」

振り返ることなく、影が太刀を後ろへ薙《な》いだ。

「うっ」

良衛の身体まで三寸（約九センチメートル）のところを切っ先が過ぎた。あと半歩踏みこんでいれば、良衛はまともに斬られていた。

「…………」

命の危機に固まった良衛を残して、影がゆっくりと去っていった。

「……勝てぬ」

良衛はじっとりと背中に汗を掻いていた。

「簒奪者とは、上様のことだろう。その血を残すなというのは、お伝の方さまにお子を産ませるなとの意味か」

禿頭《とくとう》にも浮かんだ汗を良衛は拭《ぬぐ》いながら、思案し続けることで落ち着こうと努力していた。

「……あれも甲府公の手……いや、甲府公を信奉する者か」

良衛は人の想い、忠義の恐ろしさに震えた。

綱吉を毒殺しようとした台所役人は、甲府宰相家初代綱重《つなしげ》が、まだ三代将軍家光《いえみつ》の次男として江戸城にいたころに仕えていた。そのときに綱重から受けた恩を返すためと台所役人は暴発した。

「甲府の家中ならばまだ話は簡単なのだが……」

敵対しているとまではいわなくとも、警戒するべき範囲だとわかる。だが、台所役人は江戸城にいた。御家人の一人だった。

「今の男も旗本かも知れぬ」

そうなれば、どこに潜んでいるかわからないのだ。味方だと思っていた相手が、じつは敵だったとなりかねない。

「これでお伝の方に薬が盛られているかも知れぬという話が現実味を帯びてきた」

敵が幕臣のなかに隠れているとあれば、大奥女中も信用できなくなる。大奥女中は最下級の端《はした》以外は、そのほとんどを旗本、御家人の娘が占める。

親が甲府徳川家に心酔していれば、その娘も疑わしい。

「吾《わ》が手には余る」

良衛は御広敷番医師でしかない。大奥女中の身上を調査することさえできない。

「……どうする」

一人良衛は悩んだ。

当番で御広敷に出務した良衛は、まずお伝の方のもとへ挨拶《あいさつ》に出向く。これは当番の朝だけで、三日に一度である。あとは呼び出しを受けない限り、良衛は大奥へ入らないようにしていた。

「ご案内つかまつる」

下の御錠口番ももう良衛を留《とど》めるようなまねはせず、お伝の方の館へと案内してくれるようになっていた。

「おはようございまする」

「参ったか。お待ちじゃ」

館の入り口で八重坂《やえさか》が待っているというのも慣例となっていた。

「失礼いたす」

すでに端女中たちの部屋は夜具をあげ、掃除も終えられている。雑用を担当する端女中たちは、風呂《ふろ》の水くみ、館の掃除などで出ており、残っているのは急用に備えた数名だけであった。

これは他の呉服の間、御次、御使番なども同じで、ほとんどが所用のために出ており、館の人気《ひとけ》は少ない。

「おお、来たか、お医師。こちらへ参れ」

お伝の方が上機嫌で良衛を手招きした。

「……お医師」

今までそう呼ばれた記憶はない。良衛は意外な思いを隠して、伺候した。

「まこと南蛮の秘薬はよく効くの」

「えっ……まさか」

笑っているお伝の方の腹へ良衛は思わず目をやった。

「あほう。まだわからぬわ。前の月の障りから、まだ一月《ひとつき》じゃ。そうであってくれればよいと心より願うがの」

良衛の目に気づいたお伝の方が苦笑した。

「さようでございました」

薬を調合する前に、お伝の方の体調を確認していたことを良衛は、思い出した。

「なぜ機嫌がよいかわからぬか。薬が効いてきたのだ」

お伝の方がうれしそうにほほえんだ。

「妾《わらわ》は冷えがひどくての。秋口になると温石《おんじゃく》がないと眠れぬほどになるのだ」

「それはかなり厳しい」

冷えは男女ともにあるが、とくに女に多く、症状も厳しい。

「おかげでな、お添い寝をさせていただいても、翌朝には上様から伝は冷たいと言われておった」

「それは……」

良衛の妻弥須子《やすこ》も冷えを持つ。たしかに冬の同衾《どうきん》で足先を絡めたときなど、冷たいなと感じることはあったが、本人のせいではない。礼儀として男はその一言は口にしてはいけなかった。

もっとも天下に並ぶ者のいない将軍ともなれば、そのような気遣いをすることはない。いや、誰もそうするのが優しさだと教えていないのだ。

女に対する男の優しさだけではなかった。将軍となるべき徳川の血筋には、優しさを身につけるという教育はなく、仁という大義に吸収されている。

そうでなければならなかった。

将軍は大の虫のために小の虫を殺せる者でなければ困る。一人に気を遣いすぎ、万の人を苦労させては、政は成立しない。万のために一人を見捨てる。その判断ができるように徳川の子孫は育てられていた。

「それがじゃ。昨夜お添い寝をさせていただいた今朝、上様が今日の伝はあたたかいのと仰せくださった。妾の足におみ足をからめてもくださった」

お伝の方が興奮していた。

「じつはの、冬になるとこの冷えが原因か、上様のお呼びがすくなくなるのじゃ。それがどうやら、今年は違いそうでな。お添い寝をさせていただく回数が増えれば、より多くのお胤《たね》をちょうだいできる。さすれば、お子を宿す望みも増えよう」

「たしかに」

喜ぶお伝の方に良衛は同意した。

「これもあの薬のおかげじゃ。感謝しておるぞ、お医師」

「とんでもないことでございまする。愚昧は医師として当然のことをいたしたまで。お方さまよりお礼の言葉を賜るなど、望外でございまする」

良衛は恐縮した。

「津島《つしま》、なにか褒美を取らせよ」

「承知いたしましてございまする。どうぞ、お医師どの」

津島の態度まで変わっていた。

「…………」

褒美を断るのは失礼に当たる。良衛は津島の案内で上の間から次の間へと移動した。

「お方さまよりの褒美じゃ。受け取られよ」

津島が奉書の上に小判を一枚置き、良衛へと押し出した。

「かたじけなく存じまする」

上の間へ一礼してから、良衛は小判を奉書でくるんで懐へ納めた。

「これからもお方さまのこと、よしなに頼みますぞ」

「ご懸念には及びませぬ。微力ながらお尽くし申しあげまする」

良衛は首肯した。

その後、いつもの診察をすませて、良衛は御広敷番医師溜へと帰った。

いつもの退屈な一日という苦行を送るはずだった良衛は、いきなり呼び出しを受けた。

「外道医矢切さまにご往診を願う」

お露の方の局《つぼね》から女坊主が派遣されてきた。

「わたくしでございますか」

良衛は思わず確かめた。

御広敷番医師溜には、本道の医師ほどではないが、外道の医師も数名待機している。外道医なのか産科医なのかわからない、お伝の方専属のような形になっている良衛を指名する意味がわからなかった。

「矢切さまをと」

確認に女坊主が繰り返した。

「やれ、お伝の方さまではなく、お露の方さまにも取り入るか」

聞こえよがしに外道担当の御広敷番医師が言った。

「……承知いたしましてございまする」

そのていどの嫌がらせで折れるような弱い者が幕府医師としてやっていけるはずもなかった。

幕府医師になったというだけで、近隣の医師からかなりのやっかみを受ける。

「金で地位を買った」

これくらいならまだかわいいもので、ひどいものになると、人格まで攻撃してくる。

「患家を人とは思わず、金蔓《かねづる》だとしか考えていない。効かない薬を高く売りつけたり、要らぬ施術を長くおこなって礼金をむしり取る」

「女の患家は、不要であっても脱がせる」

「どうやら、あの某《なにがし》は診立て違いで、何人も殺しているらしい」

こういった陰口が、あちこちでささやかれるようになる。なかには、それを信じて、来なくなる患者もいた。

だが、このていどでうなだれるようでは、医者などやっていられない。

全力を注いでも、助けられないときもある。その結果非難されることもある。それに耐えていかねば、医者はできない。医者は神ではない。ただ、己にできることを手抜きせずにするしかないのだ。

そう父蒼衛《そうえい》、師杉本忠恵《すぎもとちゅうけい》、名古屋玄医《なごやげんい》から教えられた良衛は、悪口を無視して立ち上がった。

「お呼びとあらば参りましょう。で、どのような状況で」

良衛は患者の状態を問うた。

「局の柱で頭を打ったとか」

そう伝えられたと女坊主が答えた。

「頭を……それはよろしくない。急ぎましょう」

本来外道を専門としている良衛は、ただちに薬箱の中身を点検し、御広敷番医師溜を出た。

　下の御錠口を通った良衛は、先ほど帰途に使った廊下をもう一度進んでいた。

「ここでございまする」

　女坊主が足を止めたのは、お伝の方の館へ至るまでの襖の前であった。

「お医師お連れいたしましてございまする」

　女坊主が膝《ひざ》をついた。

「どうされ」

　格式張った応答がして、館の入り口を兼ねる襖が一枚引き開けられた。

「入れ。お方さまがお待ちである」

　襖を開けた取次の女中が、良衛を急がせた。

「ごめんを……っ」

　良衛は足を踏み入れて、止まった。

　お部屋さまとして特別な待遇を受けているお伝の方の館でさえ、日中は女中が出払っている。なのに、お露の方の局は、女中だらけであった。

「お通しいただきたい」

　座っている端女中も多く、まっすぐに歩けないほどであった。

「なにをしておる。さっさと来ぬか」

次の間から中臈《ちゅうろう》らしき女中が良衛を叱った。

「…………」

良衛は黙った。

呼びつけておきながら、女中たちを邪魔するように配置しているのは、歩くときに身体を触れさせようとの策だと理解したからだ。医師とはいえ、診療以外で大奥女中に触れることは許されない。行き交いでぶつかっただけでも、問題になる。それが局のなかで座っている女中に触れたとなれば、ただではすまなかった。

「お怪我のお方はどこに」

次の間までまっすぐ見える。横になっている女はいなかった。

「妾である」

さきほど良衛を叱った女中が軽く合図代わりに手を上げた。

「どこを痛められましたか」

「肩を柱で打っての、痛む」

さっき上げたばかりの右手、その肩口を女中が左手で押さえた。

「失礼いたそう」

良衛は踵《きびす》を返した。

「……ま、待て」

さっさと局を出て行こうとした良衛に大奥女中が慌てた。

「…………」

無視した良衛は廊下を下の御錠口の逆、奥へと向かった。

「待てと申したであろう」

小走りでお露の方に仕える女中たちが良衛を追いかけてきた。

四

大奥の廊下は殿中と同じで走ってはならない。もちろん、医師と坊主はこの決まりの埒外《らちがい》である。

しかし、走らずともたっつけ袴《ばかま》を穿《は》いている良衛は大股《おおまた》で進め、さらに上背があるだけに歩幅も広い。対して女中は臑《すね》を見せるわけにはいかないため、小走りとはいえ歩幅は小刻み、そのうえ背も低い。

少し急ぎ足の良衛との距離は縮まらない。

「ま、待てと言うのが聞こえぬのか」

女中が制止を繰り返した。

「………」

良衛は引き離さないように速度を調整しながら、応じなかった。

「きさま、不遜《ふそん》なまねをいたせば、それなりの処罰を覚悟せい。矢切、止まれ」

大声で女中が叫んだ。

「……騒がしい。どこの者じゃ」

お伝の方の館の襖が開いて、八重坂が顔を出した。

「矢切と聞こえたと思ったら、お医師ではないか。なにを致しておる。お方さまのお館近くで馬鹿は控えよ」

「八重坂さま、わたくしは一言も申しておりませぬ。後ろのお方がわたくしを騙《だま》して、局へ連れこもうとなされたので逃げていただけでございまする」

良衛が足を止めて事情を簡潔にまとめた。

「お医師を騙して……」

己の登場に良衛の背後で呆然としている女中たちへ、八重坂が目をやった。

「そなたは……お露の方さまの局の……たしか霧之《きりの》と申したか。御次頭の」

八重坂が、先頭に立つ大奥女中を思い出した。

「や、八重坂さま」

霧之と呼ばれた御次頭が息を呑《の》んだ。

「事情を事細かに説明致せ」

いつのまにか、津島も出てきていた。

「御広敷番医師溜におりましたところ……」

さきほど省いたところも加え、最初から良衛は語った。

「……ほうう」

津島の目が細くなった。

「違いまする。この医師が偽りを申しておりますので。我が局で、末に無体をしかけたゆえ、咎《とが》めようと……」

「誰ぞ、大奥中の女坊主を連れて参れ。お医師、その者の顔を覚えておられるな」

言いわけをしている霧之を睨《にら》みつけながら、津島が確認した。

「もちろんでございまする」

良衛は首肯した。

「その女坊主が呼び出した事情を知っておるはずじゃ」

「……それは。女坊主ごときのいうことは……」

津島に言われた霧之の表情が引きつった。

「八重坂、御台所さまのもとへ行きやれ。事情を話し、御台所さまのお手の者を一人お借りして参れ」

「御台所さまの……」

霧之が怪訝《けげん》な顔をした。

「大奥は、御台所さまのものじゃ。大奥でなにかあったときの裁決は御台所さまがなさる。ここに御台所さまにお出でいただくわけにはいかぬゆえ、代理をお願いするのよ。そこで、そなたの申していることが偽りとわかったときは……」

一度津島が言葉を溜《た》めた。

「……そなたは大奥から放逐されよう。もちろん、局の主であるお露の方にもなんらかのお咎めはあるぞ。上様のご寵愛を受けたゆえ、死罪、放逐はないが……」

罪を犯すような女に将軍が手を出したというのはまずい。お露の方は人を殺しても、罪には問われない。とはいえ、無罪放免にはならない。表向き罪に問われないだけで、病死という形で処理される。罪が軽くても、二度とお目通りはかなわず、大奥の一室で死ぬまで幽閉されることになる。

「ひえっ」

言われた霧之が腰を抜かした。

「そもそも、お医師を呼び出したのはなぜじゃ」

津島が尋問した。

「う、噂でございまする」

もう、霧之に逆らうだけの気力はなかった。

「噂……どのようなものだ」

「この医師の施した南蛮渡りの秘術が功を奏したと」

「なんだと……」

霧之の返答に津島の表情が変わった。

「今朝、お方さまが言われたことがもう他の局に聞こえている。誰かが漏らしたとしか考えられぬ」

津島が難しい顔をした。

「……まあ、詮議《せんぎ》は後じゃ」

思案をあっさりと津島が切り替えた。

「どうする。妾を局まで案内するならば、御台所さまには報《しら》さずにおいてやる」

津島が霧之に条件を出した。

「あ、案内いたしまする」

霧之が何度も首を上下に振った。

「見事な……」

遣《や》り取りを見ていた良衛が津島の交渉のうまさに感心した。御台所の名前を出すことで、相手を脅しているが、端《はな》から罪に問うつもりはない。なにぶん、お露の方は綱吉の側室なのだ。うかつなまねは諸刃《もろは》の剣となって、津島を傷つけかねない。大奥の主に裁断してもらうというのをちらつかせて霧之を追いつめ、要望を通す。そのために御台所を使った。

その証拠に御台所のもとへ使者として行っているはずの八重坂は、最初の位置から一歩も動いていない。

「お医師」

小声で津島が、余計なことを口にするなと釘《くぎ》を刺した。

「はい……」

良衛は一礼して口元を引き締めた。

「同道願う、お医師」

「承知致しましてございまする」

津島に言われた良衛は従った。

「先に立て、霧之」

「あの、先触れを……」

一緒に良衛を追ってきた女中たちを局へ報せに行かせてもよいかと霧之が尋ねた。

「ならぬ」

一言で津島が拒否した。

「そなたたちも下手なまねをいたすな」

「ですが……」

津島に命じられた女中が困惑した顔をした。

「局から追い出されたならば、妾のもとへ来よ。あらたな奉公先を見つけてくれる」

お露の方から見捨てられるのを怖がっていると見抜いた津島が、身分の低い女中に手をさしのべた。

「かたじけのうございまする」

女中が下がった。

「……そなた」

霧之が、女中を咎めるような目で見た。

「他人よりも己の心配をいたせ。御次頭のそなたはお露の方局の筆頭であろう」

お部屋さまでない側室は中﨟、それも将軍の手が付いていないお清《きよ》の中﨟よりも格下になる。当然、その局の筆頭女中は中﨟ではなく、次席の御次頭が務める。御次頭は大奥でいけば、下から数えたほうが早い地位だが、局のまとめ役を任されている。

将軍側室に罪を持っていけないだけに、なにかあったときの責任は御次頭が取ることになる。

「………」

霧之がうなだれた。

「どうなるかは、お露の方との話次第じゃ。そこで下手な隠しごとをすれば……」

「は、はい」

凄《すご》んだ津島に、霧之が跳び上がった。

「参ろう、お医師」

「お供いたしまする」

お伝の方の館を預かる中臈ともなると、表の側用人《そばようにん》格ほどの権威を持つ。良衛は一歩下がって津島の後に従った。

「開けよ。お伝の方さま付きの中臈津島である」

お露の方の局の廊下に着いた津島が声を張りあげた。

「お待ちを」

なかから猶予を求める声がし、慌ただしく動く気配が廊下にまで伝わってきた。

「お露の方に報告して対応を求めておるのだろうが、霧之がここにおるのだ。まともなことはできまい」

冷たく津島が述べた。

「……お待たせをいたしましてございまする」

思ったよりも遅く、襖が開いた。

「ふん」

申しわけなさそうにするお露の方局の女中に、鼻を鳴らした津島が足を進めた。

津島の後に良衛が続き、その背に隠れるように霧之がうつむいているのを見ただけで、なにがあったかの想像はできたのだろう。お露の方が険しい顔で良衛たちを迎えた。

「何用じゃ」

局の上の間、その上段でお露の方が口を開いた。

「……愚かな」

津島があきれた。

大奥のなかの序列でいえば、津島のほうがお露の方より格が高い。本来ならば、お露の方は上座を津島に譲って下座へ移動しなければならない。その礼をわざとお露の方が無視した。

「露、その方……」

「立ったままとは無礼であろう」

座れば、その位置関係が決まる。津島は下座に腰を下ろすのをよしとはしなかった。いや、できなかった。ここで津島が折れると、それはお伝の方へも波及する。立ったままであれば、上下は生まれない。どころか、立っているほうが上になる。

「礼を知らぬ者に合わせてやったのだ。それとも配下の者たちの前で、妾に叱られたいか」

「むっ。上様のご寵愛を受ける妾を叱るだと」

言われたお露の方が目を吊《つ》り上げた。

「お部屋さまでもないくせに、ご寵愛とは笑わせる。ご寵愛とはお伝の方さまのことをいうのだ」

「…………」

お伝の方の名を出されれば、お露の方に言い返すことはできない。

「本来ならば、局を与えられる身分ではないのだぞ。それを上様のお手が付いたとの理由で自儘《じまま》をしおって。局を取りあげてもよいのだぞ」

お露の方はまだ綱吉から、部屋を与えるとの許可をもらっていない。この局も実家である房総屋の金を背景に手に入れたもので、正式な話になれば取りあげられる。

「…………」

お露の方が黙った。

「妾が来た理由《わけ》は言わずとも良いな」

「なぜお伝の方さまだけが、優遇される。妾も和子《わこ》さまを授かるべきであろう」

釘を刺しに来たと告げた津島に、お露の方が嚙《か》みついた。

「和子さまを授かりたいのならば、応分の努力をせぬか。この医師を長崎にやり、南蛮の秘術を学ばせるようになさったのはお伝の方さまじゃ。なにもすることなく、稔《みの》りだけを寄こせなど、厚顔にもほどがあろう」

津島が指弾した。

「同じ上様の……」

「無礼を申すな。上様のお子さまをお二人も産まれているお伝の方さまと、数回閨《ねや》に侍《はべ》ったそなたごときが、同じなわけなかろうが」

「…………」

言いつのろうとしたところを痛烈に返されたお露の方がうつむいた。

「……上様のお子さまは多いほどよろしかろうに」

小声でお露の方が言った。

「お伝の方さまの後じゃ。お方さまがご懐妊なさったあと、そなたにも恩恵は与えられよう」

津島が良衛を見ながら応じた。

「しかし……」

「まだ文句を申すのなら、すべての顚末《てんまつ》をお伝の方さまより、上様へお話しいただくことになるぞ」

「……そればかりはお許しを」

お露の方が折れた。

「お医師どの、これでよろしいか。二度と、この局から呼び出されることはござらぬ」

勝手な接触を禁じると津島は良衛ではなくお露の方へ聞かせた。

「上様ご寵愛の……」

閨で告げ口をされるぞと津島が良衛にも警告した。

「お手数をおかけいたしました」

なかったことにしろと言外に含んだ津島の圧力に、良衛は引いた。

「では、これで」

帰れと良衛はお露の方の局を追い出された。

「……しくじったな。これでお露の方さまはお伝の方さまに頭が上がらなくなった。お伝の方さまの力が一層増した」

逆らうとまではいかなかったが、なにかにつけて対抗してくる若い側室をお伝の方がうっとうしがっていたのはまちがいない。その側室が軍門に降《くだ》った。

これで表だって、お伝の方に敵対する者は大奥から消えた。

「大奥はお伝の方さまでまとまる」

たとえ鷹司信子《たかつかさのぶこ》が死んでも、お伝の方は御台所にはなれない。今でこそ千石の旗本に出世しているが、実家はもと黒鍬者《くろくわもの》である。黒鍬者は名字を持てない武士というより中間《ちゅうげん》に近い。なにがあっても将軍正室の座には届かなかった。

その代わりが、大奥での権力であった。たしかに大奥の主人は御台所であり、お伝の方は奉公人に過ぎない。しかし、ほとんど将軍と閨を共にしない御台所は飾りで、実質の力は寵愛の側室が握る。その側室のすべてを支配したに近いお伝の方こそ、大奥の主といえる。

権力を把握した者は、傍若無人になりやすい。そしてお伝の方の望みは、今、子を孕むことだ。

「ますますお伝の方さまの要求は厳しいものになるだろう」

秘薬の効果が出ていると思いこんでいる間はいい。だが、それがいつまでも結果に結びつかなければどうなるかは自明の理であった。

良衛は嘆息した。

「吉原で使われていると言われる孕みを防ぐ薬のことをどうするか……」

報告すれば、まちがいなく調べてこいと命じられる。吉原は苦界《くがい》と称し、世間と隔絶した秩序を保っている。

町奉行所でさえ、吉原に手出しはできないのだ。良衛がなにを言ったところで、相手にされないかも知れなかった。

「吉原を動かすほどの権……大目付ならばどうにかできるだろうが、先日決別したばかりだ」

苦く良衛は頰をゆがめた。

あの後松平対馬守が綱吉の怒りを買ったことを良衛は知らなかった。表沙汰にならなければ、まず耳に入ることはない。お城坊主《しろぼうず》あたりは摑《つか》んでいるだろうが、奥医師ならばまだしも、政にかかわらない御広敷番医師にお城坊主は近づいてこなかった。

江戸城でもっとも噂にうといのが御広敷番医師であった。

「一度、吉原に行ってみるしかないな。その結果次第で、お伝の方さまにお話しするかどうかを考えよう」

良衛は大奥を出た。

宇田の報せに、辰屋が下卑た笑いを浮かべた。

「妾でござんすか。それはいいものを見つけてくださった」

「であろう」

褒めた辰屋に宇田が自慢げな表情をした。

「奥方が典薬頭《てんやくのかみ》さまの娘だ。妾がいたことを知られれば、岳父から厳しく叱られる。下手をすれば離縁になる。こちらが妾を人質に取っても、あの医者坊主は表にできない。町奉行所へ頼ることもね」

「ああ」

辰屋と宇田が顔を見合わせた。

「可愛い妾の身と引き替えなら、あの医者坊主も言うことを聞くしかない」

「任せますよ。宇田さん」

「おう」

宇田がうなずいた。

「真野さんには黙っていてくださいよ。宇田さんを勝手に使ったとあれば、文句を言われますからね」

「安心してくれ。誰にも言わぬ」

宇田が保証した。

「吾《われ》をこのような身体にしてくれたあの医者へ復讐《ふくしゅう》できるうえに、金がもらえる。これほどありがたいことはない」

動きの悪い右手を宇田が左手でさすった。

「念を押すまでもないでしょうが、医者坊主から得た秘術が本物かどうかわかるまで、女《おなご》に手出しはなさらぬよう」

「わかっているとも。妾だけに下手なまねはできん」

人質に手を出したら、価値がなくなる。

「おまえたちもいいね」

辰屋が宇田に付けている配下の人足崩れを見回した。

「へい」

人足崩れたちが頭を下げた。

「では、付いて来い」

宇田が人足崩れたちに命じた。

本書は書き下ろしです。

表《おもて》御《ご》番《ばん》医《い》師《し》診療禄《しんりょうろく》9

秘《ひ》薬《やく》

上《うえ》田《だ》秀《ひで》人《と》

平成29年 2月25日　初版発行

発行者●郡司 聡

発行●株式会社KADOKAWA
〒102-8177　東京都千代田区富士見2-13-3
電話 0570-002-301（カスタマーサポート・ナビダイヤル）
受付時間 9:00〜17:00（土日 祝日 年末年始を除く）
http://www.kadokawa.co.jp/

角川文庫 20210

印刷所●株式会社暁印刷　製本所●本間製本株式会社

表紙画●和田三造

ISBN978-4-04-104767-5　C0193

角川文庫発刊に際して

角川源義

第二次世界大戦の敗北は、軍事力の敗北であった以上に、私たちの若い文化力の敗退であった。私たちの文化が戦争に対して如何に無力であり、単なるあだ花に過ぎなかったかを、私たちは身を以て体験し痛感した。西洋近代文化の摂取にとって、明治以後八十年の歳月は決して短かすぎたとは言えない。にもかかわらず、近代文化の伝統を確立し、自由な批判と柔軟な良識に富む文化層として自らを形成することに私たちは失敗して来た。そしてこれは、各層への文化の普及滲透を任務とする出版人の責任でもあった。

一九四五年以来、私たちは再び振出しに戻り、第一歩から踏み出すことを余儀なくされた。これは大きな不幸ではあるが、反面、これまでの混沌・未熟・歪曲の中にあった我が国の文化に秩序と確たる基礎を齎らすためには絶好の機会でもある。角川書店は、このような祖国の文化的危機にあたり、微力をも顧みず再建の礎石たるべき抱負と決意とをもって出発したが、ここに創立以来の念願を果すべく角川文庫を発刊する。これまで刊行されたあらゆる全集叢書文庫類の長所と短所とを検討し、古今東西の不朽の典籍を、良心的編集のもとに、廉価に、そして書架にふさわしい美本として、多くのひとびとに提供しようとする。しかし私たちは徒らに百科全書的な知識のジレッタントを作ることを目的とせず、あくまで祖国の文化に秩序と再建への道を示し、この文庫を角川書店の栄ある事業として、今後永久に継続発展せしめ、学芸と教養との殿堂として大成せんことを期したい。多くの読書子の愛情ある忠言と支持とによって、この希望と抱負とを完遂せしめられんことを願う。

一九四九年五月三日

角川文庫ベストセラー

切開　表御番医師診療録1　上田秀人

表御番医師として江戸城下で診療を務める矢切良衛。ある日、大老堀田筑前守正俊が若年寄に殺傷される事件が起こり、不審を抱いた良衛は、大目付の松平対馬守と共に解決に乗り出すが……。

縫合　表御番医師診療録2　上田秀人

表御番医師の矢切良衛は、大老堀田筑前守正俊が斬殺された事件に不審を抱き、真相解明に乗り出すも何者かに襲われてしまう。やがて事件の裏に隠された陰謀が明らかになり……。時代小説シリーズ第二弾！

解毒　表御番医師診療録3　上田秀人

五代将軍綱吉の膳に毒を盛られるも、未遂に終わる。表御番医師の矢切良衛は事件解決に乗り出すが、それを阻むべく良衛は何者かに襲われてしまう……。書き下ろし時代小説シリーズ、第三弾！

悪血　表御番医師診療録4　上田秀人

御広敷に務める伊賀者が大奥で何者かに襲われた。表御番医師の矢切良衛は将軍綱吉から命じられ江戸城中から御広敷に異動し、真相解明のため大奥に乗り込んでいく……書き下ろし時代小説シリーズ、第4弾！

摘出　表御番医師診療録5　上田秀人

将軍綱吉の命により、表御番医師から御広敷番医師に職務を移した矢切良衛は、御広敷伊賀者を襲った者を探るため、大奥での診療を装い、将軍の側室である伝の方へ接触するが……書き下ろし時代小説第5弾。

角川文庫ベストセラー

往診　表御番医師診療禄6
上田秀人

大奥での騒動を収束させた矢切良衛は、御広敷番医師から、寄合医師へと出世した。将軍綱吉から褒美として医術遊学を許された良衛は、一路長崎へと向かう。だが、良衛に次々と刺客が襲いかかる――。

研鑽　表御番医師診療禄7
上田秀人

医術遊学の目的地、長崎へたどり着いた寄合医師の矢切良衛。最新の医術に胸を膨らませる良衛だったが、出島で待ち受けていたものとは？　良衛をつけ狙う怪しい人影。そして江戸からも新たな刺客が……。

乱用　表御番医師診療禄8
上田秀人

長崎へ最新医術の修得にやってきた寄合医師の矢切良衛の許に、遊女屋の女将が駆け込んできた。浪人たちが良衛の命を狙っているという。一方、お伝の方は、近年の不妊の疑念を将軍綱吉に告げるが……。

炎の武士
池波正太郎

戦国の世、各地に群雄が割拠し天下をとろうと争っていた。三河の国長篠城は武田勝頼の軍勢一万七千に包囲され、ありの這い出るすきもなかった……悲劇の武士の劇的な生きざまを描く。

ト伝最後の旅
池波正太郎

諸国の剣客との数々の真剣試合に勝利をおさめた剣豪塚原ト伝。武田信玄の招きを受けて甲斐の国を訪れたのは七十一歳の老境に達した春だった。多種多彩な人間を取りあげた時代小説。